文
景
————
Horizon

日系 ｜ Horizon

社 科 新 知　文 艺 新 潮

KYOGOKU NATSUHIKO 京极夏彦作品 16

今昔百鬼拾遗 月

こんじゃくひゃっきしゅうい つき

［日］京极夏彦 著

王华懋 译

上海人民出版社

天狗 ————— えんぐ ————— 天狗

天狗——
——图画百鬼夜行／阴
　鸟山石燕／安永五年

　　（前略）确为对山的信仰·神秘观的现象之一，然
天狗谭中应该亦包括了里人将居于山中的实在特殊人
等误认为天狗的经验。在山中砍倒大树的怪音（天狗
倒木）、天狗笑、天狗砾等幻觉，迄今仍在各地被深信
不疑。天狗掳走孩童、制造神隐之事，继中世以前的
大鹫、鬼，于近世广为流传。
　　——《民俗学辞典》柳田国男 监修／昭和二十六年

1

"你一定认为我很傲慢。"

无妨,这是事实——千金小姐说。

她的确就是一个千金小姐。

不管怎么看都是个千金小姐,吴美由纪暗想。

美由纪是渔夫的孙女。她父亲以前也当过渔夫,但现在已放弃这行,开了家小小的水产公司。

但除了营业形态改为股份有限公司,以及父亲不再亲自出海捕鱼以外,感觉没有太大的差异,因此,生活没有与渔夫时代截然不同的具体感受。

所以,美由纪总觉得自己是前渔夫之女、渔夫的孙女,而非公司老板的女儿。尽管美由纪并不想当渔夫,但她觉得以天性来说,自己具备渔夫的属性。

当然,她不会有什么企业千金的资质,所以绝对称不上大家闺秀。

然而,父母却打肿脸充胖子,将美由纪送进寄宿制的千金学校就读,可惜美由纪终究没能脱胎换骨。

那所学校卷入刑事案件,甚至死了人,在丑闻、污名缠身的状况下关校了。

在美由纪脱胎换骨之前就关了。

那是一起颇为凄惨的案件,美由纪内心受到相当深的创伤,沮丧到谷底,但另一方面,她也觉得这下总算摆脱拘束的生活,神清气爽。然而,世事总是不能尽如人意,在某位善心富人古道热肠的奔走之下，美由纪又转学到了另一所寄宿制的女子学校。

明明当渔夫的孙女就好了。

于是，美由纪的身边还是老样子，围绕着再多不过、再女学生不过的女学生们，她们各自带着稚气的自尊心、不可能实现的梦想、美丽的每一日，彼此亲近、竞争、互助、反目，等等。她们应该都算是小千金，然而，相较于眼前这位千金小姐，感觉完全是云泥之别。

在她面前，那些女学生看起来就像是画虎不成反类犬。

这样形容对同学们似乎有些失礼，但该怎么说才好？没错，她们皆是千金小姐，但是彼此的火候差太远了。

这位是如假包换的千金小姐。

她是议员的独生女，学过骑术、长刀[1]、茶道、花道，兴趣是欣赏歌剧、制作甜点，精通三国语言，是国际派才媛。

她宛如千金小姐的典范，是不折不扣的深闺千金，名字叫筱村美弥子。

听说是二十岁，但看起来更年轻。不管做任何事，似乎都自信十足、非常积极。

约莫是这个缘故。

她的外表——或者说五官、发型和身上的衣饰，一切都十足展现出千金小姐的风范，没有别的身份可以将她归类了。

无论是举手投足，还是态度口吻，她从头到脚皆堪称完美

---

1 长刀，一种日本刀，江户时代作为武家女子的防身武术发展起来，昭和初期在军国主义的影响下，政府也鼓励女学生修习。——译者注，全书下同

无缺。这样一个千金小姐，连美由纪都忍不住想喊她一声"大小姐"。

不过，虽然是千金小姐，她却似乎不同于一般的千金小姐。证据，就是眼前这火烧眉毛的状况。

美由纪和筱村美弥子——

身陷险境。一场小困境。

"美由纪同学。"

"什么事？"

"如果你觉得我很傲慢，但说无妨。我有自知之明，我就是个傲慢到让人受不了的女人。毕竟这是无可否认的事实，而且应该也无法矫正。"

"我并没有这么想。"

"可是，我刚才说了类似命令你的话，对吧？说出口我才察觉，实在很过分。"

撇开身份、家世那些背景条件不说，美弥子比美由纪年长，使唤她也很正常。美由纪这么说，美弥子却反驳她说"这样不对"。

"虽然我比你虚长几岁，但顶多相差四五岁，不是值得你尊敬的岁数差距。你也不是需要别人监护的小孩。"

确实，姑且不论内在，美由纪的外形就比较高大。

"既然如此，我们应该是平等的。对你，我应当尊重。你也一样，要是觉得我有不对的地方，就应该指正，看情况甚至应该抨击我。若是能够改正，我会改正，只是……"

盛气凌人的口吻实在是改不了——美弥子说道。

"这似乎已病入膏肓，真抱歉。"

"不会。"

美由纪说她一点都不在意。

同学们的说话方式，她有时觉得可爱，有时听着实在不耐烦。

大概是火候不到吧。她们是在拼命模仿千金小姐的言行举止；因为如果不这么做，她们只称得上是**半个**千金小姐。因为装得还算有模有样，抱着"她们好努力啊"的心态来看，那画面也令人莞尔；但如果过了头，便有种妄自尊大的感觉。就是这么回事。

然而，美弥子不一样。

该说她是好胜还是豪爽？甚至让人感到痛快。美由纪觉得这就是她的天性，无论外在如何，她的本性应该更为豪放不羁。

否则——

不会演变成这种状况。

"火还是生不起来。"美由纪说道。

"嗯。明明有这么多可以烧的东西，真教人气恼。啊，我不是在怪你，是在自我警醒，告诉自己应该要带火柴才对。"

也不知道是什么缘故，美由纪在美弥子的指挥下，不得不尝试以干燥的枯枝摩擦生火，结果连一丝烟雾都没冒起来。

"我这个门外汉想得太容易了。"美弥子说，"生火没这么简单。我真为自己的无知、天真感到羞耻。虽然我每天都努力过得不后悔，但应该改进的地方还是该改进，应该引以为耻的行为就该引以为耻。"

"噢……"

尽管美由纪觉得这不太像在山中迷路，掉进坑洞，又因扭伤了脚，即将在坑洞里迎接天黑的节骨眼上应该抒发的感想，但也没什么好计较的。

要是美弥子哇哇地大哭大喊，美由纪也完全没辙。

这一点便是美弥子和同学们大相径庭之处。换成女校的学生，早就哭喊着"救命"了吧。

不过以现状来看，两人一起大声呼救，得救的概率应该会增大一些，但美由纪不擅长大喊大叫。

"虽然才刚入秋，但天黑以后，气温应该会下降……原本我以为像烽火那样，起火生烟比较好，还是想得太简单了。天黑以后根本看不到烟，而且这里地处低洼，弄得不好，可能会一氧化碳中毒。"

"可是，我不觉得你无知或天真。"但美由纪的这一回应却遭到了美弥子的反驳：

"那是你想错了。首先，我太小看山林。由于并非登山专家全副武装才能挑战的高峰，距离市中心也近，又有缆车，每年好几万人前来参拜，所以我小看了这座山。我得向山道歉才行。"

"向山……道歉？"这里是高尾山。

"对，因为能够当天来回，加上有许多登山客，所以我怀着郊游的轻松心态前来。我应该是把这座山当成了多摩丘陵的延伸，其实它与秩父山地相连，是不折不扣的高山峻岭。在古时候这里也是修验者[1]的修行场地，不可能不险峻。而且，这片森林如

1　修验者，修验道的修行者，也叫"山伏"。修验道是由役行者创始的日本宗教，融合了山岳信仰及密教，提倡在高山中修行。

此深邃……"

不知为何，美弥子笑着仰望上方。

上方也看不到天空。仅能在蓊郁的树木之间，影影绰绰地窥见逐渐暗下来的秋季寒空。

"这片森林真的好美。自北条氏照[1]执政以来，此处便受到保护，禁止砍伐，后来甚至成为幕府直辖地，至今仍在行政机关的保护之下。我和植物学家牧野富太郎博士见过面，博士说他年轻的时候，曾在高尾山的森林里发现许多新品种的植物。"

美弥子说着眯起了眼睛。

"这片森林就是如此与世隔绝。美由纪同学，你不觉得很美吗？"

听说他身体抱恙，不晓得是否安好——美弥子接着道。

"谁身体抱恙？"

"牧野博士。他年事已高，我很担心。"

呃……或许是应该担心，但美由纪强烈地认为现下的处境并不容许她们担心别人。况且，听下来，美弥子学识丰富，交际面也广。

美由纪这么说，却被一笑置之。

"别笑我了，一个学识丰富的人怎会遇上这种事？还把你这个前途无量的无关女孩牵扯进来，实在不可原谅。我是真的思虑太不周详。这一点我有充分的自觉。"

1　北条氏照（一五四○～一五九○），日本战国武将。武藏国泷山城主，后为八王子城主。

追根究底。

整件事的源头，要追溯到上个星期日。

那天，美由纪造访位于神保町的玫瑰十字侦探社。

说到造访侦探社，空气似乎马上紧张起来，但美由纪并不是去委托调查，纯粹只是去打声招呼而已。

去年春天，美由纪认识了玫瑰十字侦探社的侦探榎木津礼二郎。

榎木津和他的朋友中禅寺秋彦，帮助美由纪以前就读的学校驱散了笼罩在上空的迷雾，重见晴天。

今年春天，美由纪牵扯进了震惊社会的昭和试刀手命案。当时，她结识了中禅寺的妹妹、杂志记者敦子。

从此，美由纪和敦子成为好友。由于有这一层原委，美由纪去中禅寺那里打过一次招呼。只是，后来她没再见过榎木津。

榎木津性情古怪，可能根本不记得美由纪——认识榎木津的人都说他八成不记得——况且，美由纪也不是非得去拜访榎木津不可，她既没义务，也没欠下人情，但她想，至少要道个谢。

暑假期间，美由纪又被卷入一场棘手的风波：她成了神秘浮尸的第一发现者。

当时美由纪也曾受到中禅寺敦子的多方关照，而在那场骚动闹得最凶的时候，美由纪和榎木津的助手益田龙一重逢了。由于听他讲了许多事，她表示会择期再去拜访致意。

"择期"这个说法相当笼统，并未指明是哪一天，也不到约定的程度。美由纪并不是不想去，只是抱着有机会就过去看看的心态。

十月十七日，美由纪前往上野。

她去参观东京国立博物馆的卢浮宫美术展。

她倒并不是对西洋美术有多深的造诣，也不是特别喜欢。在这之前，她根本没有看过真正的名画。就读的前一所学校里到处挂着知名画家的仿作，但几乎都附带类似怪谈的传闻，因此她总是透过那种有色眼镜看画，从未将它们纯粹当成艺术作品来欣赏。

不过，现在她又想看了。

不是认为可借由鉴赏艺术开启新世界的一道窗，一半是出于兴趣，一半是想拿来当成谈资。

美由纪没有任何话题能提供给围在她身边的那些"类千金小姐"的同学。倒不如说，她懒得思考她们喜欢聊什么。

所以，她通常只是在一旁附和，插得上话的地方就插个几句，几乎不曾主动提供话题。不过，如果是卢浮宫展，她应该能主动说点什么。

虽然同学可能完全没反应，但就算不感兴趣，也不至于会蹙眉或露出怜悯的神色吧。毕竟是名震天下的卢浮宫展，是法国艺术。听说，光是保险金就高达一千万日元。

然而，美由纪中止了进去观展的计划。

因为……她从未见过如此恐怖的人潮。这么多人原本究竟都躲在哪里？

应该也不是躲在哪里，但无疑是倾巢而出。说万头攒动也好，说门庭若市也好，总之美由纪从没看过这么多的人。

而且，挤得水泄不通。

实在教人目瞪口呆。

美由纪从千叶的偏僻乡村来到东京已超过一年，对东京却几乎陌生。

既然生活在寄宿制的女校，那么校园外的一切都与她无关。不管是非洲还是西伯利亚，只要不踏出校园，便没有多大差别。

平常会碰到的人和人数也是固定的。

冒出如此众多的人，就表示四处潜伏着更多的人吧。那副景象，美由纪简直难以想象。

这些人……皆有各自的人生。

有多少人，就有多少密密麻麻的烦恼、喜悦、悲伤和快乐。这样的想象，已经远远超出美由纪能够容忍的范围。一旦混入其中，岂不是等于根本没有美由纪这个人了吗？不管有没有她，恐怕人潮都不会出现任何变化吧。

临场胆怯说的正是这种情况。美由纪匆匆离开上野。

然后，在背对博物馆的瞬间，她莫名地感到火大，不想打道回府了。

美由纪倒并非觉得白跑了一趟。她认为，人生没有什么是白费的。任何经验都能成为养分，无论开心还是气愤，都不会是徒劳。让她火大的是，自己纯粹是被数量所震慑，就这样灰头土脸地逃之夭夭，根本缺乏觉悟。

人多成这样，实在很累，好讨厌，所以我不去了——若是这种理由，也算是根据自身的想法做出决定和行动。但美由纪并不是讨厌，只是在感到讨厌之前就气馁了。

果敢地拨开人群前进的胆量、坚持排队等待的耐心、支持行动的强烈动机，她全数欠缺。

当然，这无关胜负，美由纪并不觉得输了不甘心，却有种近似败北的感觉，尽管明明没输给任何对象。就是这一点，让她无法释怀。

因此——

经过一番深思熟虑，美由纪决定前往神保町。

根本称不上是顺道前往。也不是什么像样的理由。她一直听说神保町是学生街，而且是旧书店街。

确实，头戴方帽、貌似大学生的人格外醒目，也有许多书店。整条街仿佛弥漫着墨水和纸张的气味。

美由纪在铃兰大道徘徊了一阵——简而言之，只是不知道怎么走，有点迷路罢了——即使只是氛围使然，但总算感到从人潮中独立出来的时候，她注意到一栋看不出是新颖还是古色古香的大型建筑。那就是榎木津大楼。

从位于裁缝店旁的门口走进去，是形同大厅的昏暗空间，正面有一道石阶。

阴阴凉凉。美由纪以为秋老虎余威已散，开始进入舒适宜人的季节，这才发现其实户外颇温暖。听着自己踏上石阶的声音，她想起去年春季以前就读的那所学校。

学校是石造的，非常冰冷，石地板、石墙和石天花板会反弹一切声响。不过，这里……这里又如何呢？

不，这里不一样，美由纪心想。虽然材质相同，但这栋大楼和学校不同。理由……显而易见。

这里有一种微妙的嘈杂，一点都不安静。楼上传来人声。以前就读的学校，甚至禁止发出笑声或是哼歌，由于一片寂静，自己发出的声音会反弹回自己身上。

——这吵闹声是怎么回事？

听说侦探事务所在三楼。

过了二楼后，听得更清楚了。是女人的声音。其间夹杂着难以分辨的细碎人声，似乎是男声。美由纪来到标示着"玫瑰十字侦探社"的门前。

"这是怎么回事？"门内传出女声。

虽然对方不是在怒吼，但口齿清晰，而且嗓音嘹亮。

美由纪犹豫了一阵，要是在这里折返，等于是继上野之后二连败。不，必须重申，无关胜败。她最痛恨"我输了"这种无意义的修辞法。一厢情愿的行动，没有胜败可言。这应该是比喻从一开始就白费力气的状况。

美由纪只是为自己明明没与任何人较劲，却擅自感到落败而感到懊恼。在如此短暂的时间内尝到两次懊恼的滋味，未免太惨了。

美由纪打开门，门铃"叮当"一响。

正对着刘海垂落、萎靡不振的侦探助手益田。这时，他抬头撩起刘海，一声惊呼。

"啊，美由纪！"

"哪位？"

坐在益田对面的女子回过头来。那名女子——

就是美弥子。

美由纪颔首行礼，询问："打扰到两位了吗？"

益田油腔滑调地应道:"不不不,你来得正好。"

"益田先生,您这句'来得正好',我该如何解读?"听到这话,益田的神情一僵。

"我以为我们还没谈完。还是,这位小姐会继续和我交涉?或许不该以貌取人,但这位小姐看起来还很年轻,又穿着制服,应该是女校的学生……她是侦探社的人员吗?"

"正如您看到的,没错,我是女校的学生。"美由纪回答,"我姓吴,虽然认识侦探先生,但并不是侦探社的人。我和益田先生的关系,也没有亲近到他能直呼我的名字。今天只是过来打声招呼,我可以等您这位客人的事情办好,待会儿再过来。"

"吴同学,我欣赏你的态度。"那名女子说,"你不用离开,请留下吧。"

原本坐在沙发正中央的女子将身体挪向左边,伸手示意美由纪坐到空出的空间来。

"请坐。我叫筱村美弥子,待业中。"待业中……一般会特地说出来吗?

美由纪依言在对方的旁边坐下。

虽然搞不清楚现在是什么状况,但至少比起卑躬屈膝的益田,她觉得应该听从落落大方的美弥子的指示。

"好了,让吴同学久等有违我的本意,所以快点处理完我的事吧。"

益田怨恨地看了美由纪一眼,支支吾吾地说:"我非常赞成快点处理,可是筱村小姐,不管您提出多少次,不可能的事就是不可能……"

"所以，我就是在请教，为什么不可能？我问过好几次，您一直不肯回答。我想委托的人是榎木津先生。"

益田换上一副快要哭出来的表情：

"虽然我看起来懦弱胆小，也确实孱弱自卑，不太可靠，但直到去年一月，我一直都是国家地方警署的刑警。"

"所以呢？"

"噢，就是我很擅长寻人，连走失的乌龟或豪猪都难不倒我，都找得回来。失物也没问题，保证能够物归原主！无论是外遇调查还是身家调查，全包在我身上。请交给我吧！"

"你这个人怎么就是不懂？"

"不懂……是吗？"

"我要委托的人是榎木津礼二郎先生。我从一开始就反反复复不知道重申多少遍了。"

"噢，可是在敝侦探社里，这类案子都是由在下负责……"

"是这里的规矩吗？那么，是哪位定下的规矩？"

"呃……嗯，该说是自然而然，还是迫不得已，或是不知不觉……"

"没有明文条款或社规吧？"

"是……没有啦……"

益田的肩膀愈缩愈紧，整个人显得更小了。

"就算天地翻转过来，我们家的侦探先生也绝对不干这种事。他不屑搜查、调查之类的行为。嗯，他是彻底忽略过程，只重视结论的人。"

"我只要结果就够了。"

益田看了美由纪一眼，眉尾下垂到近乎滑稽的程度。

"没办法啦。那个人的行事作风异于一般……啊，真的非常难以说明，不过……不会是那个吧？不是要回敬一年前的案件吧……"

"什么？为什么我非得对贵社怀恨在心不可？"

"当然是因为……您的婚礼被搞得一团糟，婚事也告吹了。"益田回答。

这些人到底在搞什么？

"我可是感激不尽。多亏各位在最后关头阻止了婚事，我才能免于跟那种下三滥的差劲男人结为连理。他是个瞧不起女人、歧视同性恋者，只会仗着父亲的权势狐假虎威的无能废物。后来我和那个人渣的受害者之一早苗小姐互有交流，她的小婴儿真的好可爱。"

"啊，婴儿也来过这里！哎呀，那起案件，大半都是我调查出来的。不是自夸，我勇闯无赖之徒的龙潭虎穴……所以……不能交给我办吗？"益田抬起头问。

"不行。"美弥子当即回绝。

"负责调查的或许是您，但解决案件的是榎木津先生和果心居士大师吧？这次的委托，我要的不是调查，而是解决。"

益田把头乱搔一通："没办法啦！"

"不好意思……"美由纪轻轻举手插语道，"直接问一下本人，不就知道行不行了吗？"尽管不清楚状况，但双方似乎在原地兜圈子，于是美由纪出声提议，"榎木津先生虽然让人搞不懂，但他绝对不会错吧？"

"美由——吴同学，你的意思是，我说的话虽然听得懂，却都是错的吗？"

"是啊。"美由纪应道。

夏季的那场骚动发生时，完全就是如此。益田虽说总是说得头头是道，但废话太多，实在派不上什么用场。

虽然他不是坏人，态度又亲切，美由纪也觉得他应该很认真……

"所以，交给本人决定不就好了吗？如果本人拒绝，这位小姐也会接受吧？"

"吴同学说的没错。如果榎木津先生拒绝，我就不会死缠烂打，我不会做出这么难看的事情，可是……"

他不肯让我见榎木津先生——美弥子说。

"我怀疑是假装不在。"

"什……什么假装不在？又不是穷光蛋年三十躲债主，他是真的不在啦。他去富士山还是河口湖那边了。虽然我也不晓得他去干什么。而且，我们根本不知道筱村小姐要来，要躲也无从躲起啊。和寅兄，你说对吧？和寅兄，我在叫你呀……"

益田朝厨房呼喊，却杳无回音。

"那人也真是的，泡茶泡到哪儿去了……所以就是说……"

"益田先生从一开始就像在辩解。我什么都没问，您却滔滔不绝地说个不停，而且我说一句，您就当场反驳十几二十句。最重要的是，您的举动太可疑，让人不得不觉得有所隐瞒。"

"那是……"

因为我是胆小鬼啊！益田哭丧着脸说。

"毕、毕竟是筱村议员的千金突然找上门……"

"家父的社会地位和我来拜访毫无关系。我不知道家父是议员还是什么，在我看来，他只不过是个迷信又顽固的幼稚中年男子。"

"虽、虽然没错，我们家的榎木津侦探也常这样说，可是不论来者何人，客人就是客人，总不能失礼吧？这样一来，连不用说的话也会不小心说出口。毕竟我是个小人物嘛，担心惹对方不高兴，才会拼命炒热气氛……"

"如果立刻进入正题，根本不需要炒什么气氛。"

美弥子说完，噌地站了起来。她踩着响亮的脚步声，移动到背对窗户而设的大桌，探头查看后方。通常不会以为有人躲在那种地方，又不是孩童，但对方是榎木津，难保没有这种可能性。

桌上摆着写有"侦探"两个字的三角锥，简直搞笑。

美弥子站在原处窥视深处的厨房，引来一声"噫"的惊呼。大概是一直躲在里面泡茶、叫什么名字来着的那个人发出的叫声。

接着，美弥子打开每一扇门，仿佛在查房似的一一确认里面的情况。益田上身前倾，小声地说了一句"这未免太夸张了吧"。

"嗯，我们家侦探看情况有时候会假装不在，也经常引人猜疑。可是，又不是债主讨债，榎木津先生也不是罪犯，一般不会搜到房间里去吧？这是一种默契——啊，她居然在看榎木津先生的卧室，那是魔窟啊！那个人从来不叠衣服，还有一堆品位骇人的怪衣服。"

"好像真的不在。"美弥子说，"我为怀疑这件事道歉，但您的态度实在让人不敢领教。"

"我自己也不敢领教啊。虽然没做什么坏事，我还是想道个歉，真对不起。"

"那么，我告辞了。"美弥子说。

美由纪跟着说"那我也要走了"。

美由纪是来向榎木津打招呼的，既然他不在，留在这里也没用。至于益田，今年夏天才见过面。益田却伸手要留她：

"啊，不用连美由……连吴同学都走吧。你不是刚来吗？"

"我没事找益田先生啊。"

"茶就快泡好了。"

"那么，我们一起走吧。"美弥子说，"去喝个茶如何……？"美弥子露出高贵的微笑，以优雅的口吻提出邀约。

如此这般……

这一连串偶然、草率、无策与无为，无谓地重叠在一起发生的事，就是美由纪和美弥子结识的原委。

刚才登门拜访的时候，美由纪完全没发现，榎木津大楼前面的路上泊着一辆看起来很高级的黑色轿车。这时，车里衣着正式的男子一看到美弥子，随即走下驾驶座，打开后座的车门。美由纪觉得好厉害。

"我要和这位小姐去银座。"

美弥子说着上了轿车，接着请美由纪上车。美由纪……第一次坐上了轿车。

不，准确地说，并非第一次，但这和坐警车是截然不同的体验。连身体感受到的震动都舒适宜人，虽然应该只是错觉。

在念不出店名的茶室那时髦的座位坐下后，美由纪总算从正面看到美弥子的脸，或者说她整个人。脸蛋小巧，肤色白皙，细长的丹凤眼和精致的鼻子，加上简直就是蓓蕾般的嘴唇，十分惹人怜爱。每一根发丝都乌黑、纤细、笔直，整齐摆动的模样美丽极了，看得美由纪不知不觉出了神。到底要怎样才能拥有这么一头规矩的发丝呢？

身上的衣物……看起来非常昂贵。

美由纪没有足以形容那种高级的词汇，也不知道该如何指称。

"你刚才看到了吧？"美弥子说。美由纪问"看到什么"，美弥子回答"我的举止"。

"我这个人，就是会做出那种专横到让人受不了的举止。"

这时候不能直率地附和"是"吧。

"没办法，我已经被塑造成这样了。成长环境应该有影响，但不全是环境因素。我有许多朋友和我境遇相似，但她们更加谦虚、淑女。所以，我的个性与环境塑造出来的属性无关。"

"意思是……"

美弥子不是千金小姐吗？

美由纪间接地表达疑惑，美弥子豪迈地哈哈大笑。

即使这么笑，也丝毫无损高雅的气质，显然是名副其实的千金小姐吧。

"如果以我这种傲慢自大的态度来定义千金小姐，对其他千金小姐太不公平了。从我的出身来看，或许就是个千金小姐，但我并非**典型的千金小姐**。"

因为我就是我——美弥子说。

她说的应该没错。

美由纪也是美由纪自己。

美由纪毫无疑问是人类，但并非所有人类都是美由纪。

"嗯，不过也算是千金小姐的一种吧？"美由纪这样一说，美弥子不禁睁大了眼睛：

"一种？对，是其中一种。但我这种旁人不甚欣赏的举止，并非门第或家庭经济等环境因素所造成，更不是源于男女性别的差异。当然，不能说成长环境毫无影响，现阶段也无从排除性别差异，因此我对于自己被归类为千金小姐没有异议，但如果说因为我是千金小姐，所以是这种个性，我无法同意。"

"就是啊。我也常被身边的人教训要像个女孩、要像个学生、几岁就该有几岁的样子……但我本来就是个女学生啊！我只要平平常常地做自己，就是个女生，也是个学生，对吧？虽然想过是不是应该扮演得更像女学生一点，可是做不到的事就是做不到嘛。所以怎么说，干脆豁出去吗？反正世上也是有我这种女学生的。"

"你不会被视为异类吗？"美弥子问。

"异类？啊，嗯，是会受到孤立或攻击，不过也没办法。我虽然没有敌意，但不擅长迎合他人。"

"很棒。"美弥子说，"吴同学，你果然令人欣赏。你要是问我痛恨什么，我最痛恨的就是迎合他人！"

"噢……"

"那个侦探助手动不动就想迎合我，实在很讨厌。他似乎就像自己承认的，是个胆小鬼，应该没有恶意。可是有些人表面上迎合，内心却瞧不起对方。"

"就是啊。"

美由纪也经常有这样的感受。

"如果是遭遇堂堂正正的挑战，我就可以给对方迎头痛击。我讨厌别人对我做出虚与委蛇的迎合姿态。况且越是那种人，迎合的越不是我本人，而是我身为千金小姐的属性，或是议员女儿的头衔。"

这道理美由纪也不是不明白。

"在这方面，吴同学让我非常有好感。我们可以借此机会交个朋友吗？"

美由纪并不是不愿意，不如说恰恰相反，但一口答应似乎有点怪。

好像会显得脸皮太厚了。

美由纪不像美弥子那么有自信。更何况，她不懂千金小姐是看中自己的哪一点。

回想起来，第一次见到榎木津时，美由纪"哇"地惊叫了一声，榎木津却称赞她不是呀呀尖叫，十分欣赏她。

简直莫名其妙。

美弥子大概是榎木津的同类。

这类人会欣赏的事物，教人完全摸不着头脑。虽然这类人究竟是指哪类人，颇为暧昧模糊。

上流阶级人士——母亲经常这么说。

现在已没有身份制度，所以美由纪觉得上流阶级应该是指有钱人。按照她的理解，就是衣食无缺、生活富裕的阶层。

可是——

如果仔细思考，美由纪也从来没有生活困顿的记忆。

不过父母每天都为了生活而汗流浃背地辛勤劳作，所以美由纪的生活仰仗父母的辛苦和努力，这一点她非常清楚。再往前回溯，正是因为有祖父努力捕鱼，才有美由纪的今天。

这是值得尊敬的事，没必要自卑，所以美由纪率真地认为自己得天独厚。不只是认为，事实上，她真的过得很好。她现在的生活没有任何不足之处，她无须为了维持这样的生活，做出什么重大的牺牲。她更没有遭遇家人四散，流落街头等不幸。

这样一想，美由纪的现状，和母亲称为"上流阶级"的人之间，也可以认为……并无多大差异。母亲本身也是如此。

那么，为何母亲要使用"上流阶级"一词，把一部分的人切割出去，与自己做出区隔？她又为何要摆出看不出是欣羡还是轻蔑的态度？

实在不懂。

不，美由纪不觉得自己属于上流阶级。世上有千百种人，应该是有人真的三餐不继。

可能是外在因素造成不合理的境遇，也可能并非如此。而当中或许也有只能说是咎由自取的窘境。

人各不同，美由纪认为，许多人的境遇不能轻易用"不幸"两个字一笔带过，然而，母亲不会将这类人称为"下流阶级"。

母亲会同情身陷困境的人，有时会伸出援手，但有时也会生气。她似乎曾抓住不务正业、成天赌博，搞到生活过不下去的亲戚，絮絮叨叨地说教。

不管怎样，母亲都不会瞧不起他们。母亲会对懒惰的人生气，厌恶恶行和犯罪，但绝不会瞧不起穷困和不幸的人，也不会吐出鄙视的言辞。美由纪也觉得这是理所当然应该采取的态度。

那么，母亲本来就认为自家也属于为下流阶级吗？似乎也不是。小归小，母亲的配偶好歹是一家公司的老板，女儿又就读于寄宿制女校，要是自称下流阶级，从相反的意义来说，未免狂妄了。

看来，母亲没有下流阶级的概念。

然而她却会不自觉地把上流阶级切割开来。

是出于嫉妒吗？还是觉得上流阶级的人不用工作，整天轻松度日？

当中或许有些人是如此，但母亲以"上流阶级"一词囊括的人，也并非全都不事生产。他们想必也有他们的劳苦。

生活衣食无虞，和生活逍遥自在，或许是两回事。而且，有些人是因为想要逍遥度日而导致生活困顿，有些人虽然衣食无虞，却过得一点都不轻松。重要的是，不属于上流阶级，却也没有下流阶级这种概念的母亲——或者说美由纪一家人，究竟属于什么阶级？有所谓的中流阶级吗？

可能有吧。

就在美由纪接连思考着这些问题的时候，从来没见过的亮晶晶的梦幻食物端上桌。这是叫水果什么的甜点吗？或许是所谓的阿拉莫德[1]吧。

——不。

这些人和喜欢在零食小卖部的店头啃醋鱿鱼配蜜柑水的美由纪，果然有着天壤之别。

"别客气，请用。"

虽然对方这么说，美由纪多少还是感到自卑。撇开从来没吃过这一点，价钱就十分令人在意。她扭捏地笑着，简而言之就是不知道规矩，也就是不知道该怎么吃。她脸上挂着尴尬的笑容，整个人就这么僵掉了。她没有道理先开动。

"不要紧，我和你一样。"

"咦？"

"我现在没有工作，所以没有收入。我依靠家父扶养，因此这算是家父请客。从这层意义来说，我们是一样的。"

美由纪更不好意思开动了。

"请问……"

"这一年来我也思考过许多事，但我觉得现在尽情讴歌——不，利用这种境遇，是我的义务。虽然考虑过离开父母自力更生，但我不认为这么做能对社会有所贡献，顶多是自我满足罢了。不管是对社会还是其他人，都没有帮助。"

美弥子说，幸好多的是思考的时间，她会进行一番彻底的思考，直到理出头绪。

"我这样不好吗？"

---

1 阿拉莫德，法语 à la mode 的音译，意为加上冰激凌的水果或甜点。

"不，也不是不好，虽然我不是很清楚啦。我才上高中部一年级而已，打算在接下来的一两年好好地思考自己的出路。"

"你真了不起。不经思考就做出决定的人太多了。或许不管再怎么思考，也得不出正确答案，但以此为由就说不必思考，也未免太奇怪。"

"这倒……也是。"

"我本来去年要结婚。"

"啊……"

是刚才让益田语无伦次的那起案件吗？

"听说婚礼被搞得乱七八糟？"

"糟糕透顶，丢脸丢到我都不敢抛头露面了。"美弥子说着，又哈哈大笑。哪里好笑吗？

"吴同学，既然你也认识那位榎木津先生，想必有过相当奇特的体验？"

"该说奇特吗……？"

美由纪断断续续地将去年春天发生的案件拣重点说了。她和榎木津产生关联的缘由确实不寻常，案件本身十分凄惨。

"咦，这不是骇人听闻的大案件吗？"美弥子严肃地说。确实，有许多人丧命，在社会上轰动一时，是一起大案件。

"是啊……"

美弥子宛如能剧姑娘面具般的脸上，形状优美的眉毛垂成八字形，哀伤地扭曲了。

"你经历的事，远比我遭受的情况残酷。你好坚强。我更想和你交朋友了。"

"你太抬举我了。我只是个长得特别高大的渔夫孙女。"

"我也只是个傲慢的议员女儿罢了。顺带一提，家祖父是做代书的。"

"噢……"

美由纪注视着美弥子的脸，美弥子也在看着美由纪，搞得像在大眼瞪小眼。

双方同时扑哧一笑。美由纪接着哈哈大笑。这一笑让她想开了，于是吃起水果甜品。然后……美由纪总算问了美弥子造访侦探社的原因。

美弥子有个名叫是枝美智荣的朋友。美弥子说是同窗，但不知道是小学还是高中的同窗。应该不重要吧。

美智荣是某公司的社长千金——美弥子似乎也不知道公司名称——美弥子说她长得很可爱，有点像狗。

这部分美由纪不太明白。

首先，无法想象出长相。

长得像狗的人会是什么模样？听说其他朋友都叫她"美智荣"或"美智"，只有美弥子叫她"小是"或者"小汪"。

叫"小汪"未免太过分了吧。

是枝美智荣也称呼美弥子"小"什么——美由纪没听清楚——简而言之，两人感情相当好吧。

是枝美智荣热爱大自然，兴趣是登山健行，并且邀请过美弥子几次。

郊游远足还能奉陪，但是枝的登山热情逐渐升级，难度高到美弥子跟不上了。

美弥子也忙着练习骑马、插花之类的活动，时间上难以配合。

况且，如果要正式登山，需要装备，也需要训练。是枝美智荣没有强迫美弥子做到这种地步，美弥子也不打算奉陪这么多。

是枝美智荣向父亲公司的登山同好会成员讨教，准备了齐全的装备，从海拔较低的山开始积累经验，经过一年左右，便能登顶颇有高度的山。

颇有高度的山是多高的山，美由纪毫无概念。她没有任何这方面的知识。美由纪问了一下，但美弥子也不清楚。

"是什么山呢？我记得她提过金时山、茶臼岳……那些是神奈川县和栃木县的山吧？"

"我不知道。"

美由纪的地理不好。

"她说一开始是爬高尾山。"

"高尾山……我知道，有印象。"

虽然只是听说过而已。美弥子说她也去过高尾山。

由于是枝美智荣沉迷于登山，两人碰面的机会变少，但关系并未疏远。美弥子和是枝美智荣每个月仍至少会见一次面，一起吃饭或看电影。

"有时候……也会一起上山走走。不过，我最多只能到高尾山。"

"你们会一起登山？"

"那……不算登山。因为高尾山有缆车。大概是因为山上建有寺院，香客多，里面有不少长者吧。也有健行路线哦。所以，初学者和我这种门外汉都上得去。"

"噢……"

"小汪计划攀登高山时，都会先去高尾山。算是练习，或是热身，也有勿忘初心的意思。我也……是啊，陪她去过三次。虽然谈不上喜欢山，但我觉得置身在清爽的大自然中是件好事。"

"我在海边长大，对山多少有一点向往。山上感觉很舒服。"

"是很舒服，但其实我比较喜欢河。我向往的是亚马孙河，总有一天一定要去探访……"

亚马孙河是哪里的河？

美由纪愣愣地没应声，美弥子告诉她是南美洲的河。

"那是流经热带雨林的全世界最大的河流。热带密林很棒，对吧？啊，不过跟这件事没关系。问题在于高尾山。"

美弥子说高尾山就在附近。

"是在……关东吧？"美由纪问。

"在东京，应该没错。那里算是多摩还是八王子，或者是武藏野……你知道吗？"

"我是千叶人，不熟悉东京。"

"距离中央本线的浅川车站……大概一小时吧。从那里走一小段路，然后搭缆车上山。"

"能直达山顶吗？"

"没办法，缆车的终点站在半山腰一带。从那里出发，有几条登山路线，参拜的香客也只需要走一小段路就能看到寺门，很轻松。那座寺院叫'高尾山药王院'，据说是历史悠久的名刹。"

"我听说过。"

但并未特别放在心上。

"那座寺院相当雄伟。听到是山上的寺院，容易联想到孤零零的小庙，但那里散布着宛如神社的建筑物和殿堂。明明是寺院，却有鸟居[1]呢。不过，我也不太清楚这些宗教上的事。身为会遭天谴的无信仰者，我从来没进去参拜过，只走访周边的名胜。"

"那里景色好吗？"

"虽然称不上绝景或奇景，但有一些瀑布，感觉很澄净、很漂亮。值得一看的，反而是丰富的植被。"

美由纪恍然大悟。

有个词叫"不食人间烟火"。

母亲口中的上流阶级的人，经常被这么形容。

假设发生了一场火灾。

如果是平民，会想："天哪，不得了！快点灭火！快点通知大家！快点逃生！"但上流阶级的人，给人的印象是会对着火灾景象感叹："多美的火焰啊！"当然，这纯粹是一种印象而已。

或许也可说是偏见。

前阵子认识的，不知道算是学者还是研究家的那个人，应该和所谓的上流阶级相差十万八千里，但他也确实不食人间烟火。

感觉那个人即使看到火灾发生，会在乎的应该是风向、湿度、起火物品的材质之类，首先想到的也会是燃烧状况、燃烧时间和受灾总额，等等。

1　鸟居，日本神社设立的象征神域的牌坊。

可是，看似不食人间烟火的人，却并非完全脱离现实。

他们一样看着现实。只是，尽管看着一样的东西，看到的意象却不尽相同。

不，从这个意义上来讲，即使看到相同的东西，也没人会有相同的感受。每个人应该都不同。

这样一想，"天哪""快点灭火""快点通知大家""快点逃生"，内涵也全都不同。或许看似一样，但不尽相同。

无关平民或上流阶级，简而言之，就是人各不同。不过，许多人无论如何都想认定你我他都是一样的。因为从众能让他们安心吧。

有时这会形成一种强制从众的压力。

他们说，普通都是这样的，你也很普通吧？

如果不一样，就会被说是特殊。不仅如此，他们会强迫你也要变得普通，说普通才是正常。若是拒绝，就会变得更加孤立，然后被烙下"不正常"的印记。可是……

或许也只是这样而已。

明明世上没有所谓的普通。

看似不食人间烟火的人，是拥有拒绝力量的人。不管那是财力、学力，什么都好，拥有足以祛退社会同侪压力的某些能力的人，看起来就像不食人间烟火，只是这样罢了。

所谓的植被，应该是指那块土地生长的植物种类，但美由纪对花草树木一窍不通，再怎么看到、听到，或是别人指点，仍一头雾水。

听到"植被"两个字，美由纪的想象非常傻气："那里长了那么多可以吃的草吗？"她约莫是想成同音的"食生"了[1]，真的很傻。

美由纪兀自笑了。

"你有兴趣吗？"

"不……不是的，但也不是完全没兴趣。"

"第一次我只在缆车终点站高尾山站附近晃了一下；第二次没坐缆车，从山脚爬了一段路上去；第三次则是从高尾山站朝山顶前进，不过，最后没能爬到山顶。"

因为实在是累了——美弥子笑道。

"啊……并非因为是千金小姐，所以爬到一半就气馁了。我对体力很有自信。在马术俱乐部，不管是快跑还是远骑，我都是第一名。"

美弥子并不给人弱不禁风之感。

虽然个子娇小，但手脚修长，动作也十分灵敏，活力十足。尽管纤细，感觉却相当强韧。

"不是体力不支，而是我并非真心想要登山。实际上，也有许多老人家一路爬到山顶，而且有路可走，没那么险峻。听说也有人元旦会去山顶看日出。我们因为见面的机会少了，有满肚子的话要告诉对方，所以精力都放在谈天说地上了。"

美弥子说完，微微歪起了头。

虽然对年纪比自己大的女性有这种想法不太对，但美由纪觉得她看起来很可爱。

1　植被的日文为"植生"，"植"与"食"发音相同。

"聊天太愉快，加上走得慢……走到一半，太阳渐渐西斜，我们便折返了。"

"没继续往上爬？"

"对。登山这回事，不仅是上山而已，也包括平安下山。因此，如果计划当天来回，就不能在山顶迎接日落，否则会变成摸黑下山。夜晚的山非常危险。天黑以后才下山，风险太大。山中会突然暗下来，有些季节气温会降得很低，也容易失足滑落或迷路。"

"对呀。"

美由纪之前就读的学校就位于山上，夜里非常可怕。

"这些都是小汪告诉我的。小汪——是枝小姐的个性比别人更小心谨慎。她和我们不一样，'鲁莽'这个词永远不会用在她的身上。我请教过登山同好会的人，他们都说小汪任何时候都不会勉强行事，装备总是万无一失，绝不会轻易冒险。"

然而——

事情发生在约莫两个月前。

是枝美智荣第四次邀美弥子去高尾山，说是计划在初秋攀登剑岳，想先爬高尾山暖身。

"我婉拒了。"

因为美弥子那天恰巧有古琴的合奏会。

美由纪觉得她好忙碌，而且连拒绝的理由都好高雅。

"她很久没邀我了，所以我觉得挺遗憾。小汪说，这次她会一个人去……以前有一次遇到我要参加露天茶会，小汪也没取消行程，独自去爬了高尾山。对我来说，那只是和朋友出游，但小汪最主要的目的不是谈天，而是登山……会独自去也是合情合理。"

"请问，那里……不是一个人去会有危险的地方吧？"

"一点都不危险。"美弥子回答，"当然，如果偏离路线，或是做出鲁莽的行为，或许会有危险，但这不管在任何地方都是一样的。只要不刻意涉险，高尾山应该非常安全。除非服装极端轻便，否则许多景点没有登山装备也能畅行无阻。我总是穿得像登山客，但小汪都是全副武装的专业登山行头。如果她是一个人去，必定会准备得更万全。"

然而，是枝美智荣没回来。她失踪了。

"失踪……是遇难了吗？"

"不知道。"美弥子说，"她应该当天就会回来，却不见人影，所以家人立刻报了警。"

警方调查之后发现，是枝美智荣确实曾搭乘缆车抵达高尾山站。

据说目击者不少，其中包括她过去多次在山上遇到而混个脸熟的人。双方甚至打了招呼，应该错不了。此外，是枝美智荣在缆车出口附近的茶馆借用过洗手间。店里的人作证说，虽然不知道她叫什么名字，但以前见过她很多次。

那天是枝美智荣的确去了高尾山，毋庸置疑。

结合种种证词，可知她似乎是从下缆车的地方——好像叫霞台——往琵琶瀑布前进。

但她没去瀑布，只是路过。

接下来的行踪就不清楚了。

经过通往瀑布之处，绕半山腰一圈，据说这样的路线并不特别。若是走这条路线，三十至四十分钟就能回到原地。

由于没什么高低差，走起来十分轻松，途中还会经过南陵和北陵的两片森林，可清楚看出美弥子所说的植被差异，是植物爱好者眼中的绝佳路线。

"没有其他人走这条路线吗？"

"好像有，但对方似乎不太清楚她的行踪。在山上，即使是陌生人，若擦身而过，有时也会互相打招呼，所以比较容易留下印象，但经过通往瀑布的岔路口以后，就没人目击到小汪了。"

"咦？难道……"

"那里……有瀑布嘛。"美弥子说，"警方也想到了这一点，就是意外或自杀的可能性。"

"嗯，瀑布很危险吧？"

"是啊。可是，警方已排除。"

"排除？"

"小汪应该没去瀑布。虽然无法断定，但就算去了，那里也不是会发生意外的地方。毕竟不是华严瀑布那种瀑布。"

"瀑潭不深吗？"

"确切地说，那里是修行场所，没办法靠近瀑布。而且，那天琵琶瀑布有人在修行。"

现在还有僧人会在瀑布冲打下修行吗？对美由纪来说，那种场景只存在于民间传说或故事中。

"山上有另一座瀑布，是同一类型的瀑布，但又比较远……不过，问题不在于距离，而是如果她选择绕半山腰一圈的路线，会经过路线上的最后一个地标——'净心门'。要是没经过那里，就是偏离路线，或是折返了。"

"那是寺院的门吗？"

"好像是。有认识她的登山客一直留在那座门附近。对方比小汪早十分钟出发，走到一半身体不太舒服，就留在净心门那里休息。"

那个认识是枝美智荣的人，似乎是和她搭乘同一班缆车上山的。

两人的出发时间之所以相差十分钟，是因为是枝美智荣去茶馆借用了洗手间。

"如果从那家茶馆往琵琶瀑布前进，但不去瀑布而走绕半山腰的路线，通常连三十分钟都不用——大概二十分钟吧，就能抵达净心门。但那个人是在净心门休息了三十分钟以上才慢吞吞地继续往前走的，所以花了超过一小时才走完一般只需三四十分钟的路线。可是，那个人说小汪并没有超过她。"

"噢……是折返了吗？"不是吗？

"不是。但不管怎样，都得绕半山腰一圈，对吧？那么，就算继续前进，最后也会回到原点吧？既然如此，不管是折返或前进都一样吧？"

"茶馆的人怎么说？"

"说是没看到她回来。"

"会不会是漏看？"

"车站的人也不会盯着每一个登山客和香客，即使漏掉也没办法。可是，没有半个人看到小汪搭缆车下山。当然，就算不搭缆车，还是能下山，不过应该会回到霞台才对。"

"意思是，她没下山？那么，是偏离路线……进入了深山？"

"是啊。不然就是为了避人耳目，偷偷下山了。"

"偷偷下山？"

"这并非办不到的事。"美弥子说，"假装前往瀑布，躲在树丛等地方换衣服又不会有人发现。她应该是背了背包上山的，当然可以带更换的衣物上去。可是……"

这样做有意义吗？

"如果是这种情况，是枝小姐便是出于自身的意志躲藏起来了——是离家出走，对吧？"美由纪说。

"是啊。如果她是刻意偏离路线，进入深山，情形又会有些不同。"

但她是真的迷路了吗？

或者——

"会是……自杀吗？"

"我觉得不可能。"美弥子说，"不，我也不是了解是枝小姐的一切，要是问我有什么确凿的证据，我拿不出来，但不管怎么想……"

我都想不到任何她会寻短见的理由——美弥子说。

"而且，她本来是约我一起去高尾山的。如果她打算自杀，会约别人一起去吗？"

"应该……不会吧。"

"若是要我做见证，或陪她上路，就另当别论，但她约我的态度没有那种迫切感。所以，真有什么内情，应该……是发生在我婉拒之后。她打电话约我，不过是她失踪两天前的事。"

她听起来很有精神——不知为何，美弥子有点生气地说。

"听起来十分期待初秋的登山计划。她准备和心仪的男士一起登山。"

"心仪？"

美由纪一时间没听懂这个词。

片刻之后，她才想到是指喜欢的人。

"会不会是……和那个人之间发生了什么事？像是……"

"应该没有。因为说到底，她是单相思。别提交往了，她甚至还没表白，她只是暗暗仰慕对方而已。"

"不过……还是有可能发生伤了她的心的事……吧？"美由纪对恋爱完全外行。

"是的。我也这么怀疑，所以明察暗访了一番，但没有发现那位男士另有心上人之类的情况。关键是，她和对方根本没有联系。"

"那么，会不会是有人告诉她某些谎言……"

"不太可能……如果失恋，我想她应该会第一个联系我。然后，她一定会说：好像又泡汤了！爱情女神抛弃了我！我要去吃甜点吃到饱，你能陪我吗……？"

原来是枝小姐是这样的人。

"她就是这样的人。"美弥子说。

说得通俗一点，就是容易动情、容易被甩，却很快就会振作起来的活力十足的人吗？

"这种人会寻短见吗？"

这是个难以回答的问题。

"人是复杂难懂的生物，或许她有着某些我不可能明白的心事……但我还是无法想象。至少我的朋友是枝美智荣，是个表里如一、天真烂漫的女孩。我实在不认为她会偷偷躲起来，或突然寻死。"

那么……就是意外事故了。

"警方……有没有搜山呢？"

"好像有。"

警方请求当地青年团和消防团协助，进行了相当仔细的搜山行动。不过，是在失踪五天后，才进行全面搜山。

虽然感觉应变速度相当慢，但似乎并不是警方怠慢。是因为是枝美智荣的家人在她失踪的隔天才报案。

接下来，警方花了整整两天四处询问并搜索登山路线。从第四天开始，稍稍扩大了搜索范围，隔天开始对整座山进行搜索——搜山，应该是这样的。

警方是有序地扩大搜索范围，并未拖延懈怠。被动员来参加搜山的人数不少，更是进行了大范围、相当大规模的搜山行动。

搜索持续了将近半个月，最后却没找到任何线索。

"其实一个星期过去，警方就几乎放弃了。不管是遇难或遭逢意外，恐怕都不可能还活着，这也是无可奈何的事。可是，居然连遗体，甚至一点蛛丝马迹都没找到。就算是自杀，也应该会留下遗体，所以故意失踪的说法便浮出水面。"

"是指偷偷下山吗？"

"是啊。但考虑到她的个性，我认为这和自杀一样不可能。

我……怀疑她是被绑架。"美弥子说。

"绑、绑架？呃，不是不可能，不过……"美由纪单纯地以为只有孩童才会被绑架。但也应该没有这种规定。

"有歹徒联系她家人吗？"

"如果是绑架勒索，应该来联系，但有时候目的不是勒索，或许是为了性。那样的话，就可能是绑架监禁，或是施加暴行。"

原来还有这种犯罪吗？想必有吧。

"事实上……"说到这里，美弥子压低声音道，"当地人都说是遇上神隐了。"

"神隐？"

"也不是神隐，应该说是天狗掳人吗？"

"什么掳人？"

"天狗掳人。当地人相信高尾山上住着天狗。"

"天狗？你说的天狗，是指那个天狗吗？故事里出现的那个脸红红、鼻子长长、生着翅膀、脚踩单齿木屐、手拿羽毛团扇的天狗？咦，那是真实存在的生物吗？"

"才没那种生物呢。"美弥子似笑非笑地说。美由纪也觉得没有。

"但坊间流传出这样的流言蜚语，不就代表被人抓走是最有可能的情况吗？就算没有天狗，会拐骗人的坏家伙也是真实存在的。"美弥子说。

意思是，是枝美智荣遇上犯罪行为吗？

"你看这个。"

美弥子从小皮包里取出一张照片放到桌上。

美由纪的水果甜品还剩下一半。虽然好吃，但她吃不惯。而且，一想到必须吃得斯文优雅，手就慢了下来。加上她专心听美弥子说话，更是完全忘了吃。

那是一张奇妙的照片。

不是风景照，也不是人物照。而是一块布上摆着各式各样的物品：有像破布的东西、手帕，钱包和存折？还有帽子、像包包的东西、鞋子。

是……登山装备吗？

美由纪直接提出自己的猜测，得到肯定的回答。

"这是上星期，在群马县过世的女子身上的物品。"

"上星期……？群马？"

"对，是在十月七日发现的。实际过世的时间更早。被发现的地点是在群马县的迦叶山。疑似自杀，有遗书。应该是跳崖自杀。"

"这些物品怎么了吗？为什么美弥子小姐会有这种照片？"

"这顶登山帽是我的。"

"咦？"

美由纪拿起照片细细端详。不是什么款式特殊的帽子。

"内侧绣有我的名字，是家父送我的礼物。家父喜欢把每一样东西都标上名字。他是觉得我会开心吗？我只觉得困扰。"

"呃，那个……"

美由纪不明白有什么关联。

"美弥子小姐和过世的女子……"

"我不认识她。"

"这是什么情况？"

"照片上全是**是枝小姐身上的物品**。那顶帽子，是以前我们一起去高尾山的时候交换的。小汪说颜色和形状都很可爱，非常喜欢……因为这样，害我遭到警方怀疑。"

"这……"

"绝对是出了什么事！"千金小姐断定。

2

"我的行为太傲慢了。"

美弥子既没有心虚的样子，表情也没有变化，而且腰背挺得笔直。

一般来说，这样的态度难以解读为是在致歉，就算惹来口是心非的批评，也是自找的。但美弥子并不是嘴上说说而已，这一点美由纪十分明白。

许多人在道歉的时候，会摆出卑躬屈膝的态度。

低头、顺服、谦虚，露出仿佛扛了一身不幸的表情。大家通常都认为，这才是适合表达歉意的态度。

确实，当对方火冒三丈时，表现得低声下气，和平收场的机会较大，而且也没必要故意火上加油，但仔细想想，比起承认过错，这种态度更像是希望对方原谅犯错的自己。

美弥子坦然承认自己的过错。她应该会设法弥补。

想必也反省了。

但她并不懊悔，也丝毫不冀求对方的原谅吧。或许这就是她不同于凡夫俗子之处。

仔细想想，自身行为的善恶好坏，与他人如何认定、作何感想，是两码事。反省悔过与乞求原谅，也是两码事。

我已诚心道歉，你差不多也该原谅我了——这是无理的要求。

原谅不是能强求得来的。

有时候就算没做错事，仍会平白无故遭人讨厌；有时候无论再怎么补偿，也得不到原谅；更别提还有莫名其妙招恨的情形。

不过，一码归一码。

美弥子虽然表达了歉意，却不请求原谅。她会说"对不起"，但不会说"原谅我"。

"美由纪同学，你确实表达过担忧。你记得我之前说过的话，也就是必须在日落前下山，否则风险太大。过了四点，我们就该折返的。"

"嗯，我只是跟着一起来而已。"

"你听了我的说明，并答应和我一起来，所以是不折不扣的搭档。不理会搭档的建议，我实在是自大的人。是我说没问题的，明明毫无根据。事实上，我根本没做好危机管理。所以，我说自己太傲慢。"

"应该不会有事吧。"美由纪说，"我们还有一点粮食，而且现下不是会冻死人的季节，即使入夜也不要紧。只要熬过一晚，总会有办法。"

两人说话之际，天色渐渐暗了下来。

美由纪和美弥子掉进坑洞里了。

美由纪只是撞到腰，但美弥子扭伤了脚。

"说起来，一般根本不会想到这种地方居然有坑洞，山区还真是危险。"

"这个坑洞……是人为挖掘的。"美弥子说。

"什么？"

美弥子身体前倾，抚摸了一下两人滑落的泥土坡面。

"明显有挖掘的痕迹。"

"是吗？"

在美由纪看来，这只是个普通的坑洞。

"是在做什么工程吗？可是，如果是在做工程，又像是半途而废。况且，为何要挖在这种地方？这里距离步道相当远，应该也不是登山路线吧？更重要的是，这里的山和森林，不是受到国家保护的吗？"

美由纪说"好危险啊"，美弥子说"当然危险了"。

"当然……？"

"这个坑洞……是陷阱。"

"陷阱？小孩恶作剧挖的那种陷阱？在洞口铺上东西，害经过的人掉下去的陷阱？是这样吗？因为堆积了这么多落叶……咦？"

"是旧陷阱，挖好之后至少已经过了几个月。还是该说被废弃了？"

"噢……"

可是——

美由纪和美弥子不是踩破覆盖物而摔落坑洞的，她们几乎是滑下来的。

"感觉不像中了陷阱，虽然我们的确掉下来了。"

"对。一样是陷阱，但不是把垂直的洞掩盖起来，害人一脚踩空掉落的类型，大概是挖好之后，从旁边推人下去的陷阱。"

"这……"

美由纪望向坑洞边缘。

原本平缓的斜坡，从中段开始变得极为陡峭，最后形成直穴。至于另一侧……几乎是垂直的。看起来也像是把挖出来的泥土堆在那一侧形成的。

深度……从地表测量的话，应该超过三米。不，或许更深。若这是完全的直穴，而两人又是寻常地摔下来，肯定已受重伤。

"可以说……只有这一侧像蚁狮在沙地上挖的漏斗陷阱吗？呃，根本就是陷阱嘛。"

"就是陷阱啊。我们中了圈套。"美弥子毫不惊慌地说。

"在这种地方设陷阱，目的是什么？虽然不晓得是谁挖的坑洞，不过是要捕捉野生动物吗？"

"没有动物会掉进这么粗制滥造的陷阱。何况，动物就算掉进来，应该也有办法脱身。貉和鼯鼠应该不会掉进来，如果是黄鼠狼和松鼠，应该能轻易脱身。不过换成野猪之类，我就不知道了。"

"噢……"

"就算是人类，也不会轻易掉进来。"美弥子说，"在山上活动的人，行走都很小心。因为山上原本就地势不平。除非是像我这种轻视山林，又漫无目的地乱晃的粗心大意的家伙，否则不会掉进这种坑洞里。"

"我也掉进来了。"

"你不是掉进来，是为了救出滑落的我，受我牵连的。糊涂的是我。"

话虽如此……

的确，如果步步为营，一定会注意到这个坑洞。

尽管美由纪发现有些古怪，或者说地面不自然的隆起和凹陷，但直到美弥子失足滑落，她都没联想到会是什么陷阱。

"是啊。嗯……通常会停下脚步。不过，如果站在边缘，被人一推，应该会掉下来……啊，你刚才说目的是为了把人推下去，就是这个意思吗？"

"对，引诱某人到这里，然后推下去……我认为这就是设置这个陷阱的目的。"

越看越像是这么回事。

"咦？那么，这个坑洞就是……"

为了将美智荣小姐……

"我怀疑可能是为了抓她而挖的坑洞，但不知道事实如何。"

"你说是为了这个目的而挖坑洞？"

"难道不是吗？"

"呃……可是，这么大的一个坑洞，不是两三下就挖得出来的。我们从高尾山站出发，四处乱晃寻找线索，找到这里顶多只花了三个小时吧？"

两人上午在西侧走动，然后暂时回到茶馆，下午开始搜索东侧。接着，在茶馆附近吃了便当，下午一点左右再次出发，应该是在下午四点左右掉进这个坑洞里的。

"如果是枝小姐偏离路线，应该不会像我们这样东逛西逛，而是笔直走过来，所以顶多会花三十到四十分钟。就算中途去了某个地方，也顶多花一个小时左右。要抢在这段时间之前挖出这种陷阱，实在不太可能吧？"

"的确不可能。"美弥子说，"依我观察，这像是利用原本的地形挖成的陷阱……大概本来就是个钵状洼地，底部有坑洞的雏形。我觉得应该是再加工挖成深坑，形成陷阱，布置得让人爬不出去。即使如此……也不是一个小时左右就能挖好的。"

看起来似乎爬得上去，实际上困难重重。

"一个人实在不可能挖得出来吧？"

"花时间慢慢挖可能有办法。不过，如果是一个人挖的，估计花了好几天的工夫。"

"就是说呢。"

既然如此——

"虽然不知道是谁挖的，但准备得滴水不漏，是吗？那个人预测到是枝小姐会来，先设下陷阱吗？好几天以前就准备妥当？还是，那个人在完成陷阱设置以后……引诱是枝小姐来爬高尾山？"

"不可能。"

美弥子立刻驳回美由纪愚蠢的推测。

"她会来高尾山，是为了攀登剑岳热身。这一趟登山，是她打电话给我的几天前才正式决定的。即使有办法得知这个计划，仓促进行准备，应该也没办法完成陷阱设置，因为只有四五天的时间而已。"

四五天……

如果许多人一起挖，就来得及吧？美由纪提出这个想法。

"大概来得及，只是太引人注目了。"美弥子说，"此处大大偏离登山路线，而且平常不会有人经过。但要来到这里，非得从特定地点上山不可，对吧？"

确实如此。

"当然，毕竟是在山上，能从四面八方上来，但最轻松的应该是我们上山的路线。那么多人扛着各种工具，连续几天上山，想必相当惹眼吧？"

"需要……工具啊。"不可能徒手挖掘。

"对，并不是人多就好，需要工具。"

"把工具放在这里，只有人天天上山呢？"

"可能吗？大队人马来来去去，难免会引起注意。如果那些人本来就住在深山里面，就在山里面来来回回，那另当别论，但那样的话……"

就是天狗了——美弥子说。

"会有人住在深山吗？"美由纪问。

"我想是没有……"

"那直接在山上过夜呢？"

"虽然并非不可能，不过太劳师动众了。毕竟在外野营得搭帐篷之类的，对吧？这里还不算深山，一定会被人注意到。况且，在夜里工作也需要照明。"

美弥子说，由于地点的因素，若是引起注意，想必会引发议论。确实，传说古代山中住着天狗，若是亮起异常的火光，或许会传出奇妙的传闻。

那是叫作"天狗御灯"吗？

"夜晚的山间一片漆黑，若是亮起灯火，可能大老远就会被看见。如同你说的，这一带的森林自古就受到政府保护，现今也被指定为东京都的自然公园，任何人都不能随意破坏景观。要是被发现挖这种坑洞，绝对会挨骂。"

不管怎样，工程都相当浩大。

"花了那么大的功夫，却无法保证效用。她攀登剑岳之前会先来高尾山的习惯，旁人应该不会知晓。就算有人知晓，也无法确定她何时会来。即使设计她上山……但出发的两天前，她才约我一起来。如果我没婉拒，便会和她同行，所以还是很奇怪。综合以上问题来考虑，你不觉得这实在称不上万全的计划吗？"

"那么……这个坑洞会不会和美智荣小姐的失踪无关？"美由纪说，"以恶作剧来说，也实在太恶劣了，而且散发着犯罪的气息，但会不会只是我们碰巧中了这个莫名其妙的圈套，和美智荣小姐的事无关？"

"不。"

"不是吗？"

"会不会是什么人都好？"美弥子说。

"我不懂。"

意思是，有人悄悄布置陷阱，不管对象是谁都好，只要掉进坑洞里，就觉得很开心吗？

"不，如果是想观赏别人掉进坑洞，必须一直守着陷阱才行。"

"啊，对耶。"

"况且，若是有人掉进坑洞里……就出不去了。"

爬不出去。她们两个也一样。

"除非有人来搭救，否则是出不去的。搞不好，掉进坑洞里的人会死亡。没有这么过火的恶作剧吧？"

目前陷入搞不好会死掉的状况的受害者，就是美由纪和美弥子。

"我们是糊里糊涂才会掉进这个陷阱，但登山客通常不会走到这种地方来，应该轻易不会有人落入陷阱。既然如此，推测还是为了捕捉特定的人而设的比较合理。"

"可是，美弥子小姐不是说，不管是谁都好吗？"

"虽然不管是谁都好，还是有筛选的条件。只要符合条件，什么人都行，是这个意思。当符合条件的人上山时，设下陷阱的人就使出某些手段，将对方引诱到这里……"

"然后把对方推下坑洞吗？为了什么目的？"

"这……"

美弥子说她不知道。

"我毫无头绪。我不可能知道歹徒在山中绑架女人的理由，也不想知道。可是，除非这么想，否则说不通。她……符合条件，所以……"

"被推下坑洞，遭到绑架了吗？"

"虽然我没有任何证据……"美弥子边四下张望边说。

地面即将融入黑夜。

"除非这样假设，否则这个坑洞的存在实在太诡异。在有一个人失踪的地点附近，出现这么一个陷阱，我实在不认为是巧合。"

"或许就是巧合啊。"

虽然美由纪明白美弥子不愿认为是巧合的心情……

只是，如果两者毫无关联，现在这种状况未免太荒谬。

"也对。"

千金小姐到底是千金小姐。

美弥子从来不会惊慌失措，或方寸大乱吗？

美由纪也不怎么慌张失措，但她觉得自己纯粹是太乐观，并未想太多。

"而且，美弥子小姐，假设是枝美智荣小姐被推下坑洞……那么，她后来怎么样了呢？"

"后来？"

"对啊，不可能把人推下坑洞就结束吧？推下坑洞、抓住人以后，总得以某种形式下山吧？"

"哦，这倒是。"美弥子睁圆了双眼，"如果要带她下山，根本没必要打造这种麻烦的陷阱。把她推下坑洞，她不见得就会乖乖听话，何况拉她出来也得费一番功夫。与其如此，干脆直接打晕，让她失去意识，剥夺她的自由……"

"那会更引人注目。"

美由纪也想过这种可能性。

如果是幼童也就罢了，是枝美智荣是成年女子。无论是让她失去意识或将其杀害，要扛着一个成年女子行走，恐怕不容易。

即使有办法，也会引来关切的目光。警方进行过细致的调查，却没有问到任何这类目击证词，这就表示可能性不大。

"不管怎样，是枝小姐都下山了吧？因为在山上找不到她。那么，我认为推测她是凭着自身的意志下山，比较合理。既然如此，这种古怪的陷阱就毫无意义了吧？"

"确实没有意义。不，或许有另一种意义。"美弥子陷入沉思。

"我觉得这个坑洞与是枝小姐无关。倒不如说，我觉得我朋友的推理似乎最为妥当……"美由纪说道。

没错。

在银座的高级茶室听到是枝美智荣的失踪案，美由纪顿时被勾起兴趣。

如果只是一名女子失踪，或许不稀奇，但有另一个人穿着失踪女子身上的衣物，在不同的地点自杀……如此一来，情况就非同小可了。

尽管如此，美由纪只是个凑热闹的人。

她并非失踪女子的家人或朋友，甚至没见过当事人。而且，她也不是警察或侦探。这件事和一介女学生没有任何关联。

她只是个一时兴起凑热闹的人。

除此之外，或许是对美弥子这个人产生了兴趣。

两人交换了联系方式——美由纪仅仅告诉了美弥子自己学校的校名——发誓一定要再见面。不，美由纪并不喜欢"发誓"这种教人后背发痒的说法。总之，美弥子说"最近再约个时间见面吧"，便用高级轿车载她到宿舍附近。

兴冲冲地出门，不料被人潮吓得软腿，想扳回一城，又扑了空——虽然是这样的一天，结尾却出乎意料地美好，没留下坏心情。如果没遇见美弥子，回程路上她一定会相当沮丧。这时，美由纪反倒有些亢奋。

在千金小姐候补生的围绕下度过每一天，本身却不是千金小姐的美由纪，竟和如假包换的千金小姐中的千金小姐成为朋友——类似朋友的关系，她会多少有些亢奋，也无可厚非。

美由纪自身没什么变化。

换句话说，纯粹是心情上的问题。不过是一种幼稚的兴奋。

距离天黑还有点时间，美由纪不想直接回宿舍，决定去一下属于自己的小天地。

不，"属于自己的小天地"这种莫名风雅的说法，美由纪不是很中意，但她的词汇量太少，不晓得还能怎么形容。

当然，那并非美由纪专用的场所。

是公共场所，只是美由纪的同学没有一个会去而已。平常人蛮多的。

虽然几乎都是年幼的孩童。

在板墙和加盖水沟的包夹下，形成死胡同的小巷内，位于中间段的零食小卖部，店名叫"儿童屋"。

美由纪喜欢坐在严重妨碍通行的门口长板凳上，一边看着玩得一身泥的孩子们，一边吃不甚美味的廉价零嘴。

她从大马路探头望进巷子里。

传来欢闹的喊叫声。星期日的孩子们，活在明亮的当下。

她走进巷弄。这里湿气很重，却灰蒙蒙的。

一切都褪了色，却又鲜明刺眼。无比廉价，却魅惑力十足。

朝儿童屋望去，美由纪发现老位子上有人。当然，她并不是每天都来，所以多半被成群的孩童占据……

但今天坐在那里的不是孩童。

她还没走过去，那个人便已转过头来。是中禅寺敦子。

"敦子小姐……"

美由纪有些吃惊。

她以为敦子不会一个人来儿童屋。

这里是美由纪指定的密会场所。用上"密会"两个字，总有一种淫靡、危险的感觉，但这一样只是因为美由纪的词汇量不够大而已。

虽然不是秘密，但大人通常不会来这里，因此没人知道她们在此见面。所以，称为"密会"也不算错。

敦子是科学杂志的编辑兼记者，现在又是美由纪重要的忘年之交。

"你在做什么？"

"打发时间。"敦子回答。

"在儿童屋打发时间？"

"因为没别的地方可去。傍晚我要到三轩茶屋采访……"

美由纪一看，敦子面前摆着装了蜜柑水的杯子。美由纪常喝那种不怎么好喝的小店饮料——虽然似乎没这种称呼——但之前敦子感觉不怎么喜欢，现在看到她喝，美由纪有点开心。

"星期日还要工作，好辛苦。"美由纪道，敦子解释说"因为要配合对方的时间"，并轻轻吁了一口气，分不清是不是叹息。

美由纪买了醋鱿鱼，在敦子对面坐下。

这天稍早些时候，她才在银座做作的茶室吃了高级的水果甜品，说到两者的差距，那是真正的天差地别，不过老实说，坐在脏兮兮的零食小卖部长凳子上惬意多了。醋鱿鱼根本称不上美味，但熟悉的味道和市井的气味，都沁人心脾。

虽然不好吃，可是她喜欢。

意外的巧遇让美由纪觉得有些温暖，没来由的亢奋得以稍稍冷却了一点。然后，她把从美弥子那里听到的神隐案件告诉了敦子。

美由纪的说明并不巧妙，幸好敦子擅长聆听，勉强抓得住梗概。

"神隐……或许应该说是天狗掳人。毕竟那里是高尾山。"听完之后，敦子首先这么说。

"美弥子小姐也这么说……但世上并没有天狗吧？怎会变成是天狗所为？"

"是地点的关系。"敦子笑道。

"即使是相同的现象，发生在不同的地方，指称的方式也会不同。关于妖怪的事，我哥经常这么说。"

"在高尾山一带，就是天狗掳人吗……？"

"嗯，跟之前的河童一样。在大多喜一带，同样的事就不是河童所为，而会变成蛇妖作怪，不是吗？虽然发生的现象相同，但解释会不同。假设有人失踪，却找不出原因和手法，为了让人接受，只能当作是某些事物造成的。有些人会变成替罪羔羊，像是巡回艺人，或是马戏团的人，不过在古时候，异事往往被当成怪物或神明所为。有天狗传说的地方，就当成是天狗干的。如果这件事发生在城市，或许从一开始就会被当成绑架案处理。"

"噢，也对。"

可是，好奇怪——美由纪说。

"不管是天狗还是什么作祟，事实是，是枝美智荣小姐在高尾山上消失了。两个月以后，在群马县的山上，只发现她的全套衣物——穿在另一个人的身上。"

"是迦叶山吗？"

"不晓得字怎么写，我对地理很无知。"

"那也是以天狗闻名的山。"敦子说。

"咦，又是天狗？那里有天狗出没吗？"

"不，我想是没有，但应该有座寺院供奉着天狗面具。我不是我哥或多多良先生，所以不清楚。"多多良是个研究家，在敦子担任编辑的杂志上有个连载专栏。在夏季的那场骚动中，美由纪偶然与他结识，知道他是相当奇特的人。

"或许也有天狗传说，但寺院里供奉的，应该是被尊为中兴之祖的高僧传下来的面具。还有，不知道是谁、什么时候决定的，高尾山、迦叶山，加上京都的鞍马山，好像被称为'三大天狗'。"

"那么，是枝小姐就在鞍马山！"

敦子闻言，不知为何哈哈大笑：

"你在说什么啊，美由纪。"

"呃，就是天狗……"

美由纪觉得自己真的是语无伦次。

"嗯……普通的想法应该是……"敦子说。

"就是这个！"

敦子问"这个是哪个"，美由纪回答"就是普通的想法啊"。她想知道所谓的"普通想法"是什么。敦子所说的"普通"，不是指那种形成从众压力的多数意见，而是不拘多寡，尽可能排除个人偏颇得到的，没有极端主张的见解。敦子是重视理性的人。

每个人都有各种想法，但想法无论强弱，总是会遮蔽道理。成见会引来偏颇和歪曲，有时还会衍生出曲解和捏造。如此一来，理所当然的事物，看起来也一点都不理所当然了。

透过有色眼镜，不可能看见真实的色彩。

数量再多都无关紧要。不是戴着蓝色眼镜的人多，世界就是蓝色的。真实并非由多数决定。美由纪能感觉到，敦子在生活中总是坚持极力排除这样的遮蔽物。

美由纪常会在不知不觉间戴上好几副有色眼镜看世界，因此经常搞不懂世界究竟是什么颜色，但敦子似乎总是努力去看清原本的色彩。

"没事。"美由纪说。

敦子停顿了一拍，接着说：

"上山的人没有下山，这种情况有可能是遇难——即使没找到人，还是能想到种种解释，但有人穿着失踪者的衣物，在别的地方自杀……"

"真的很不可思议。"美由纪说，敦子却表示"没什么好奇怪的"。

"是吗？"

"既然进行了长达半个月的大搜山，却没找到人，表示人应该已不在山上。换句话说，是枝小姐不管是什么状态——这是指不论生死—— 一定都下山了吧。"

"是吗？"

"人不会像烟雾一样凭空消失。"敦子说，"如果没下山，就是仍藏在山里——不论生死。"

嗯，或许吧。

倒不如说，一定就是这样吧。

"这纯粹是推测，希望你听了别见怪，但要论可能性，如果是枝小姐已在山中过世……既然没发现她的尸体，表示她是以死亡的状态下山了。"

应该是……这样吧。

"尸体不会自行移动，一定是有人搬运。如果是遭到杀害，就是凶手或共犯运尸。即使是意外死亡或病死，也有人把她的尸体运下山……对吧？"

"没错。"美由纪回应道。

"这是否能够做到——嗯，并非不可能，但相当引人注目。是啊，平日里也会有背着伤者下山的情况，可能伪装人还活着，背在背上……但这种情况不常见，如果有人看到，想必会留下印象。而且，如果是枝小姐被背下山，认识她的人会认出来，远比普普通通地走下山更容易引起注意，反倒会留下记忆吧。"

"换上不同的衣服呢？"

"替尸体换衣服吗？我觉得杀人之后，不太可能再替尸体换上别的衣服。要是没成功杀死，换衣服就更没意义了。何况，还有呼吸就罢了，一旦人死了，不管穿成什么样子，旁人绝对会看出不对劲吧？"

"嗯，毕竟尸体很可怕。"

"而且尸体应该很难背。"敦子说，"扛在肩上或许比较容易，但也不可能像米袋那般扛着，只能装进大袋子或大皮包，或塞进大箱子……因为十分沉重，放上推车搬运，约莫会是采取这种方式吧。"

"人……很重嘛，体积又大。"

"又大又重，没有多少人会带着那么笨重的东西上山。山上人多，一定会有谁看见，如果看见，便会留下记忆，毕竟让人印象深刻。"

换句话说，总之运尸是非常引人注目的行为。

"即使记忆并未和失踪案联系在一起，警方来问案，应该也会有一两个人提到，若是时间点符合，警方会向更多人打听这件事。如此一来，总会有人回想起来才对。"

"那么，先藏起尸体，等入夜以后再偷偷运下山呢？听说，是枝小姐的家人是隔天才报案的。"

"这种情况下不能搭缆车，只能扛着尸体徒步下山……这可不容易。入夜的山上或许没人，但山脚下是普通的街市，得计划好下山以后要怎么办。不管怎样，都需要运尸的装备，出发上山的时候就必须预先带去。"

"的确。"

"不管是袋子、箱子还是推车，什么都好……能折叠的袋子就算了，若是带着箱子或推车上山，在这个阶段就会引起注意……但无论如何，这都是有计划的预谋，对吧？"

"是啊。"

"那是怎样的计划？"

"咦？"

"如果是杀人计划……大费周章地把工具搬上山，在山上杀人，再大费周章地把尸体运下山，不是很奇怪吗？目的只是杀人，根本没必要把尸体运下山，不然干脆等人下山再抓住加以杀害，岂不更省事？"

"呃，可能怕被人看到……"

"山上人也不少啊。"敦子说。没错，搞不好比山脚多。

"搬运途中难免会被人看到，风险极高。虽然可能性不为零，但除非有什么一定要这么做的理由，否则不会如此行动。另一方面，如果是枝小姐因意外或生病而身亡……"敦子接着说。

"这种情况更不可能。"

"的确不可能。辛辛苦苦将工具搬到山上，等待有人碰巧在山上过世。一发现有人过世，便抓住大好机会抢走尸体，再辛辛苦苦地偷运下山……太疯狂了，连疯子都不会做这种事。"

"就是啊。"实在无法理解。

"不过，这并非办不到的事。如果有什么一定要这么做的理由，确实办得到。所以别搞错了，只要想做，就做得到，对吧？"

"咦？嗯，没错……"

"不过，问题在于，完全没人目击这种破天荒的行为，以及根本无法想象非这么做不可的理由。"

所以——敦子说着喝了一口蜜柑水，露出食之无味的表情。

"这种情形暂时不列入考虑范围。所谓的'这种情形'，指的是不论是枝小姐是否活着，总之无法行动，只能**被人运下山**的情形。"

对哦。

就算活着——比方被绑起来或失去意识——也一样引人注目吗？

总之，没人目击是枝美智荣下山。不管是死是活，如果被运下山反倒会更引人注目，那么这一假设就难以成立——应该这么想才对。

"没错。"敦子说，"所以，推测是枝小姐是自行下山，比较顺理成章。如此一来，事情就非常简单了，必须探究的只有一点。换句话说，谜团只有一个：明明不少人看见她上山，却没人看见她下山。"

"这确实是个谜团。"

"这个谜团有好几种解答。第一种是,她没下山。但警方已进行搜山,却没找到人,所以这个答案驳回。那么,剩下的就只需要考虑她是如何下山的。如此一来,避人耳目偷偷下山,这种无趣的答案就变得极有可能。"

"偷偷下山?"

"对。避免被认识她、记得她的人看见,偷偷下山。这并不是做不到的事吧?"

"有办法吗?"

"那里是山,多的是能躲藏的地方吧?你说有认识是枝小姐的人在登山路线上休息,如果是枝小姐直接从对方前面走过去,当然会被发现,但如果刻意避开对方呢?"

"经过时避开对方?"

"现场不像这条死胡同是密闭空间,也不是单行道,可从旁边或后方经过,多的是绕行的方法,毕竟那里是山。虽然有寺门,但四周应该不是用围墙围起来。即使通过时没办法避人耳目,也可先躲在别处,等认识的人离开。而且要避开茶馆的人的目光,也并非不可能,店员又不会随时盯着看有谁经过。此外,不坐缆车也能下山吧?"

"是啊。"

"我不知道茶馆的店员和是枝小姐有多熟,假设是枝小姐习惯上下山时都会去打声招呼,那么,如果是枝小姐默不作声地经过,店员反倒有可能不会发现吧?是枝小姐上山前借用了洗手间，回程理应也会过来打声招呼—— 一旦心中这样认定，更不会去注意。"

"就是说呢。"

"纵使不去想些奇怪的小机关，我认为在这种情况下，是枝小姐出于自身的意志偷偷下山，是最合情合理的解释，不过……"

问题是迦叶山——敦子说。

美由纪几乎忘了那边的事，不禁有点慌张。

"自杀女子身上的服装全是是枝小姐的衣物……这件事。"

"啊、对，是的。"

"再回到前面的话题，我认为是枝小姐要避人耳目下山，应该有不必偷偷摸摸的方法，你觉得呢？"

"呃……"

这边才想起迦叶山，话题立刻又转回高尾山，弄得美由纪一头雾水。

"比方说乔装，如何？"

"乔装吗？呃，那样的话，正常下山或许不会被发现……嗯，美弥子小姐也这么说，不过是枝小姐这么做的动机是什么？"

"暂且不考虑动机。"敦子说，"除非询问本人，否则难以知道动机。不明白的事再怎么思索也不会有结论，应该只针对已发生的事，考虑是否可能办到。乔装……在这种情况下是有效的吧？"

"嗯，非常有效。"

"假设是枝小姐经过了乔装改扮——虽然不清楚缘由。那么，她一定准备了一套要更换的衣物带上山，对吧？"

"嗯，美弥子小姐说她背着背包，应该有办法带一整套衣物上山……"

"但你的朋友筱村小姐认为不可能，对吧？"

"她不懂这样做有何意义，就算是枝小姐出于某些缘由计划失踪，但会刻意安排登山……然后在山上消失这种桥段吗？如果乔装改扮一番后下山，就能采取你所说的那样的行动，对吧？"

"是啊。"敦子说，"我觉得跟刚才说的，在山上等待有人过世，再偷偷把人运下山，同样难以想象。确实是很古怪的行为，我同意。不过，依然有这个可能性。只是……如果是碰巧演变成这种状况，又会如何呢？"

不懂。

"呃，敦子小姐，你说的'碰巧乔装'，更让人难以想象。哪有人会一不小心就乔装改扮了呢？"

况且，乔装根本无从"不小心"。乔装是需要准备的。毫无准备的乔装，岂不是很矛盾吗？

"所以……"敦子露出孩子气的表情，微笑道，"我的意思是，她并非刻意乔装，只是做的事带来和乔装一样的效果。"

"呃，这是什么意思？"

"比方说……美由纪你现在穿着制服，和我在这里交换衣物，那会怎样？我是矮个子，所以尺寸不合适，但如果体格相近，就能交换衣物吧？"

"是啊。"

"虽然我已不是女学生的年纪，不过穿上制服……多少有鱼目混珠的效果吧。靠近仔细观察，应该看得出年纪，但如果离得较远，或许就看不出来，不是吗？"

"不，即使近看，敦子小姐也完全就像个女学生啊。"

"这是在说我的外表很幼稚吗？"敦子蹙起眉头。

"是、是在说敦子小姐看起来很年轻。敦子小姐长得比我可爱太多了。我要是不穿制服，看起来根本不像学生，毕竟我长得这么高大。"

"说到年轻不年轻……你才十五岁不是？我整整比你大了十岁，所以你这话就是在说我看起来像黄毛丫头。我有自知之明，无所谓啦。重点是，我们交换衣服，跟我乔装成女学生，是同一回事吧？"

"我想应该不会有人怀疑。"

"我并不打算乔装，只是和你交换了衣物，最后的结果却是我乔装成女学生，对吧？"

"噢！"原来如此。

"假设有个认识我的人，看到我走进这条巷子，于是在大马路上等我出去，我却换成女学生的装扮出现。如果那个人仔细观察，应该会十分诧异，但一般料想不到会发生这种情形，所以那个人或许会漏看。如此一来，我……"

"会变成去零食小卖部之后就失踪了？"

"我是说，可能会变成这样。若是枝小姐在山上和某人交换衣物，是不是会发生相同的情形？"

或许……会。

"认识她的人，多半是目击到她上山吧？就听到的内容来判断，那些人并非与她熟识，好像仅是与她有几面之缘，如果她换上截然不同的服装下山，即使并未偷偷摸摸避人耳目，没被发现的可能性也很高。另一方面，穿上她的服装的某人，由于不是她，所以变成了穿着相同衣物的某人……会不会变成这样？"

"会呢……可是，一般会做这种事吗？"

"不太会。"敦子说，"不过，做好乔装改扮的准备上山，要比乔装之后再下山或碰巧乔装的可能性大多了。虽然也要看是枝小姐是怎样的人，但从你的话听来，感觉她并不怕生。"

"我不认识她本人，但似乎是一失恋就会大吃大喝排解情伤，还会邀朋友一起大吃大喝的人，应该不是那么内向……"

美弥子说过，她就是那种人。虽然"那种人"是指哪种人，定义模糊不清，因此美由纪毫无确证，但也不会相差太远吧。

"这样啊。"敦子将食指抵在唇上，望向半空，"嗯……虽然不清楚实情，但感觉多少有可能。富有童心，或是有很强的正义感，不管怎样都好，有些人感觉是会做出那样的事吧？比如你，美由纪。"

"我？"

美由纪对自己的这方面毫无认识。

"如果有人向你提议这么做，你应该会答应吧？"

"会吗……？"或许会。

要看情况，美由纪回答。虽然本来凡事就都要看情况。

"譬如……是啊，假设你去登山，发现年龄相仿、体格相近的人碰到困难。"

"碰到困难？"

"我觉得这种情况最容易触动你的心弦。看到别人有困难，你几乎都会伸出援手吧？"

"嗯……"

虽然这才是得看情况，但应该会设法帮忙吧。最起码会出声表示一下关心。

"假设那个人正遭到追捕。"

"遭到追捕？"

"被坏人追捕。只是假设。嗯，不管追捕那女子的是不是坏人都无所谓。世上有形形色色的人，也有会对女性纠缠不休的人吧？不管那人有什么理由，被追逐的女子或许会感到害怕或嫌恶，就会想逃离吧。这时……"

"啊，交换衣服吗？"

"如果对方提出要求，你会答应吗？我想……你一定会点头。"

"会……答应呢。"美由纪的心性完全被她摸透了。

"换句话说，我会变成对方的替身，对吧？"美由纪又问。

"会是这样，但应该不是这样的。"

"咦？"

"对方并不是要你当替身而让自己逃离，而是想乔装成你后逃走。"

"对哦，我也没办法当对方的替身。"

"对方处在惊恐中，应该也没有故意牺牲他人的意思吧。换句话说，想要乔装的是遇到困难的对方。"

"这样啊。"

"对。想乔装改扮的是遇到困难的人，但以结果来看，你等于也乔装了。"

"没错。"

这就是……碰巧乔装吗？

"有没有这种可能呢？"敦子说。

"嗯，目前所有的假设中，这是最有可能的。"

"当然，这只是想象，或许实际上并非如此。只是，若是这么假设……是枝小姐没有被任何人发现就下了山，还有她的衣物和帽子穿戴在其他女子身上，就解释得通了。"

"啊，迦叶山！"

"在迦叶山被发现的人，有没有什么相关信息？"

"啊……"

美由纪没有听说。

不是美弥子不说，而是美由纪没问。美弥子提过她一度受到警方怀疑，想必至少知道对方的名字。

"这样啊。"敦子的语气听来有些遗憾，"嗯，这纯粹是猜测，也不好多说什么，不过脑袋里会忍不住产生不好的想象……"

"不好的想象？"

敦子脸色一暗，解释道："不好的想象要多少有多少，所以我哥曾说，可能性只不过是可能性，在仅有可能性的事物上寻找好坏之类的价值，十分愚蠢，但我就是会将不希望发生的、有可能性的情况当成坏事。"

"这是当然的啊。"

"我也这么想……举个例子，此时此刻，一辆轿车突然冲进来的可能性不能说是零。但即使真的有车子冲进来，我们或许也能逃过一劫，不一定会死，甚至或许毫发无伤。不过，两人都被撞死的可能性也一样大。同样地，也可能因此发生天大的好事。"

全都有可能——敦子说。

是这样没错。

"害怕不知道会不会冲过来的失控车辆，期待不知道究竟会不会发生的好事……到这里都还好，但为此伤心或开心，真的很奇怪，因为事情根本尚未发生。我哥认为都是一样的。面对已发生的事，情绪难免会有起伏，然而可能性……仅仅是可能性。"

"意思是，劝人不要悲观吗？"

"应该是不要悲观，也不要乐观。不管是悲观还是乐观，都只会妨碍人去设想所能想到的一切可能性吧。因为无论悲观或乐观，往往都会让人抛开最糟糕的可能性。"

嗯……美由纪自己是尽可能不往坏的方向想。

"虽然总是有无数的可能性，不过已发生的事或将会发生的事，只是其中之一。很多时候，那会是自己不乐见的结果，而且也绝对无法断定不会遇上最糟糕的情况，对吧？"敦子说。

最糟糕的情况。

虽然不知道是不是最糟糕，但美由纪确实经历过好几次类似的情况。尽管问题在于好坏的定义因人而异，但坏事就是会发生。

"我哥认为，如果是不好的事，应该立即采取改善措施，愈快愈好。这……纵使十分理所当然，但若是事前没预想到不好的情况，就无从应变了。总之，他的意思是，在无数的可能性当中，最有必要预先设想的，就是最糟糕的情况。"

"很有道理。"

"的确有道理，可惜人就是没办法按道理行事，对吧？坦白讲，不好的预测和想象……我希望尽量避免。我不想要乐观，也不想要悲观，但是不愿去想的事情就是不愿去想，更何况……"

只要去想那种事，就会变成我哥那种脸——敦子说。

确实，敦子哥哥的脸……很可怕。

"可是，我认为这种情况……或许有必要先进行一下不好的想象。"敦子说。

"话虽没错，但现在我没办法进行不好的想象。假设真的有互换衣服的情况，就变成是枝小姐还活着，自行下山了吧？比起在山中遇害，这是感觉上好得多的预测，不是吗？"

不好的预测都被逐一否定了。

"倒不尽然。"敦子说，"到目前为止，我们讨论的是下山之前可能发生的情况，对吧？由于你似乎认为这部分是个谜团，我只是试着论证这并非不可能。不管我的推测是对是错，是枝小姐都有可能偷偷下山。但就算她能下山，后来……"

是枝美智荣下落不明。

"对耶。比起她是怎么下山的，更大的问题在于她后来怎么样了。"这才是更严重的问题吗？

"讨论这种情形的前提是，是枝小姐确实与别人交换了衣物，所以这就等于是基于假设的假设，完全只是天马行空的想象。这一点不能弄错。如同我刚才说的，假设是枝小姐真的与别人交换了衣物——很难想象那是她主动要求的。既然如此，就是有人向她提议……"

"应该是遇到困难的人。"美由纪说。

"对。虽然不清楚是不是遇到困难……但不太可能是在开玩笑。推测是出于某些迫切的原因，比较符合现实。这样的话，向她提出要求的人，很可能是真的遇到困难了。"

"所以，有可能是遭人追捕之类的情况？敦子小姐，你刚才不是这么说的吗？"

"对。这样一来，就变成是枝小姐穿着那个被追捕的人的服装下山，对吧？那样很危险吧？"

"咦，可是敦子小姐，你刚才说，对方并不是想让她当替身吧？我的确也是个爱管闲事的烂好人，但如果有人拜托我当替身，我或许会拒绝。那么……"

"不管对方有没有要是枝小姐当替身的念头，以结果来看，她就是穿着和被追捕的人一样的服装。这表示有遭到误认的风险吧？"

"啊……"

可能遭到误认吗？

"接下来才是不好的想象，如果追捕遇到困难的女子的人，是想加害于她……说得更明白一点，是想杀了她，那么，穿得和那名女子一样的是枝小姐……"

"咦，等于是阴错阳差成了替身吗？"

"她们的身材应该也很相似，否则不可能交换衣物。"

"是、是枝小姐被误杀了吗？"

"所以说这只是想象。"敦子说，"一切都是想象，没有任何证据，纯粹是天马行空地进行设想，甚至称不上推理。毕竟线索太少了。这是通过拼凑为数不多的线索，硬挤出来的、无数可能性当中的一个。"

"话是没错……"

"会进行如此不好的想象，当然也是因为是枝小姐下落不明，但更重要的是，有人穿着是枝小姐的衣物过世了，而这是事实。"

"那个人是……自杀吧？"

"即使是自杀也一样。倒不如说，正因为是自杀吧。"

若是他杀——

表示那名女子惨遭追捕她的某人的毒手吗？

但若是自杀，该如何解读？会是……终于受不了死缠烂打的追踪，选择了死亡吗？

"大概是逃累了，所以选择自我了断？这部分和是枝小姐没有关系吧？"

"如果就像你想的，假设是枝小姐遭遇危害呢？"

"咦？"

"即使没有遭到杀害，还是有可能被误认，也有可能遇到危险——如果是枝小姐和那名女子互换服装的话。虽然不知道发生了什么事，但本来无关的是枝小姐被牵扯进去……"

"啊……"

然后，很有可能因此遭遇意外的话……

"遭人追捕，想必本就有如惊弓之鸟。不，万一帮助自己的人出了什么事……还会顾得上逃跑吗？"美由纪是过来人。

别人因自己受伤，有时候比自己受伤更痛苦。

去年，美由纪失去了重要的朋友、应该会成为重要的朋友的人，还有她觉得是重要的朋友的人。原因都不在美由纪身上，但美由纪就在近旁，与导致她们死亡的事情相关。仅仅如此，她便感受到极为沉重的责任，深自痛苦。

敦子露出寂寞的神情说："如果有人代替自己牺牲，或许当事人会更加自责。"

"也是啊。"

或许真的蛮难承受的。

"那名女子的遗体，是在是枝小姐失踪两个月以后被发现的吧？虽然不清楚她是什么时候过世的，但如果时隔许久，这期间她不可能一直穿着同一套衣物吧？"

"啊……"

"没错，这样就变成她是刻意换上是枝小姐的衣物自杀……"

"那么，敦子小姐……"

"不行。"

敦子突然站了起来。

"敦子小姐？"

"不行、不行，这样不行。没有任何确证，只是在编故事。这不是预测、推理，什么都不是，别说什么可能性了，根本就是乱想一通。"

"是吗？"

"我来调查一下。"敦子说，"凭着零碎的线索捕风捉影也没有意义，只会把自己搞得浑身不舒服。不是解决问题，而是推理问题到底是什么，根本是白费功夫，而且先准备答案，再思考问题，简直愚蠢透顶。"

敦子说着将双手撑在粗糙的木桌上。

"我会稍微调查一下。说是调查，能查到什么也可想而知，但我会在自己理解的范围内试着调查。若有更多信息，或许会有像样一点的推论。况且，不负责任地推想不认识的失踪者八成已死……这样不行。我不希望如此。"

敦子表示星期六下午会再来，便匆匆走出巷弄。后来美由纪得知，这天敦子是去采访新宿发生的传染性怪病。

确实……

美由纪并不认识是枝美智荣，也不曾实际见面。没看过她的脸，更没听过她的声音。她是美由纪只知其名、素昧平生的陌生人。

无关的陌生人针对根本不熟悉的人大发议论，还讨论对方的生死，实在太轻率。

而且，这也是多管闲事吧。

身为是枝美智荣好友的美弥子，在某种意义上算是当事人。不，既然警方会找她问案，那她确实就是相关人员之一。

美由纪只是个看热闹的外人。

至于敦子……

敦子最重视理性思考，态度应该没办法像美由纪一样悠哉吧。

美由纪最终没有把这天的经历告诉任何人。

受到如假包换的千金小姐邀请，乘坐黑色高级轿车前往银座的高级茶室，吃了高级水果甜品，本来觉得这些事完全可以拿来炫耀，但仔细想想，这些事和美由纪本身都毫无关系。

而且都是巧合。

高级的是轿车、是茶室、是水果甜品，掌控这些的是千金小姐。美由纪本身既不高级，也不出色。她并没有因此变得了不起。一切都没变。

既然如此，这种事根本没什么值得炫耀的。

顶多和捡到钱送交派出所一样，只是有趣的话题罢了，并无大肆宣扬的价值。

若是捡到令人咋舌的巨款，或是将钱占为己有，倒还值得说上一嘴。但这种情况，等于是在供认罪行。

根本没犯过罪的美由纪，连可供认的罪行都没有。既然如此，不管说什么，都跟梦呓没差别。所以，美由纪什么也没说，就这样过了几天。

星期六。

一放学，美由纪没吃午饭便直奔儿童屋。她实在坐立难安。

可是，她去得太早。敦子还没来，儿童屋的老婆婆——她还不知道老婆婆叫什么名字——难得地正在清扫店面。

小朋友似乎把什么东西洒了一地。

美由纪想帮忙，老婆婆连声说"不用、不用、不用"。

"反正就算打扫干净，也很快又会弄脏，你也知道的吧。真是脏啊，卫生所会不会找上门啊？"

老婆婆说着走进店里，洗手之后，拿长柄勺盛了一杯蜜柑水，美由纪明明没点，她却摆到了木桌上。

"你好心要帮忙，所以请你喝一杯。我的店脏归脏，但食物很干净。卫生至上、卫生第一，可不能害孩子们吃坏肚子。只要存着这个念头，就会勤快打扫了。"

她这边话音未落，孩子们就又一路撒着什么东西跑过去了。虽然是死胡同，但只要穿过木板墙的缝隙，就能跑到隔壁的空地上去。

"就是这样。"老婆婆说着再度拿起扫帚和畚箕。小朋友随手撒出来的，似乎是揉得粉碎的落叶。

听着孩子们的欢呼声逐渐远离，美由纪的脑袋放空了片刻。

约莫一小时后，敦子才现身。

她提到什么低体温开胸手术，美由纪完全不懂，认为她大概又是在采访深奥的课题。敦子没坐下，站着就说道："我查了一下。"

"发现什么了吗？"

"嗯，当然有个极限，查到的事不多……"敦子顿了顿，环顾了一圈狭窄的巷弄。

孩子们的声音在四周回响。敦子提议换个地方。

她似乎也还没吃午饭。

两人冲进正要收起门口短帘的荞麦面店。敦子点了蛋黄荞麦面，美由纪点了两份海苔荞麦凉面。

"有件事我很在意。"一点完餐，敦子便立即开口道。

"是枝美智荣小姐是在八月十五日上的高尾山。那天是终战日。她的家人向警方报案，请求协寻，是在隔天上午十点多。"

听到日期，感觉事情一下迫近现实。那天美由纪还在放暑假，待在千叶的老家，那时，河童骚动仍余波未平。

"是枝小姐的家，其实离这里不远，所以接到报案的……是玉川警署。"

"咦……"

真的是出乎意料。

"所以，我请教了一下贺川先生。"

贺川是玉川署的刑警，为人随和。春季这一带发生昭和试刀手案件时，他力排众议，孤军奋斗。若要形容，这名刑警虽然生了一张显老的脸，但眼睛很大，身材娇小，军旅时期被取了个绰号叫"小朋友"。

"那个小朋友刑警吗？"美由纪说，惹来敦子苦笑着规劝"这样可不够有礼貌"。

"他说，这不是命案或窃盗案，而是失踪案，所以欢迎民众提供线索……虽然我没有任何可提供的线索，但因为之前打过交道，所以他告诉了我案情。"

试刀手案件之谜，是敦子破解的。

虽然敦子否认，但在美由纪的认知里就是如此。

"疑似她失踪的现场，隶属的辖区不同，自然得联络负责管辖的警署，不过那个时候，管辖该片区的八王子署接到了另一份协寻请求。"

"另一份协寻请求？"

"有人报案称自家女儿去爬高尾山，一直没回家。当时，八王子署已展开搜索。"

"那么，就是有两个人失踪啰？"

敦子没直接回答美由纪的问题，只说"在那个时间点是如此"。

"咦，在那个时间点？意思是，另一个失踪者找到了吗？"

"其实人并没有失踪。"

"怎么回事？"

实在教人一头雾水。

家人报案请求协寻的另一个女子，名叫天津敏子，二十二岁。据说是八王子的大富豪天津家的独生女。

据说，天津敏子在十四日深夜或十五日清晨离家，只留下一张便条，写着要去山上。十五日下午，警方接到报案。十六日，对天津敏子的搜索范围扩大到高尾山。

换句话说，当搜寻是枝美智荣的任务转交给八王子署时，他们就已经在山上对失踪的天津敏子展开了正式搜索行动。

"呃，那么，意思是说，美智荣小姐是在警方四处找人的情况下，消失在山里的吗？会有这种事吗？"

"不是的。虽然不知道天津小姐几点上山，但是枝小姐是在同一天上山的吧？"

"是这样吗？"

"就是这样。可是，天津小姐的家人早了一天报案。准确地说，天津小姐的家人是在她失踪当天请求警方协寻，而是枝小姐的家人则是在隔天报案，差别只在这一点上。但天津小姐留下的字条仅仅提到她要上山，因此警方从住家周边开始搜寻。八王子一带有许多山，难以锁定是哪一座，可是……"

天津敏子并无登山的爱好。

离家的时候，她似乎也是穿着极其平常的衣物。

没有任何装备却要上山，去处自然有限。可如果是一时兴起想去爬爬山，而且还想爬到一定的高度，那就只有高尾山了。因为离家的时间很早，警方几乎没问到什么目击证词，但搜索范围逐渐锁定了高尾山一带。

"十六日上午，警方前往高尾山。当地的青年团也出动了，组成人数相当多的搜索队。由于有这层缘故，是枝小姐的家人尽管较晚报案，警方却能迅速行动。而且，因为从一开始就明确知道是枝小姐去了高尾山，所以警方当天就在缆车附近和那家茶馆也针对她的情况进行了询问。是同一天。"

"那么，八王子的警察是一并寻找两人吗？既然要搜山，不管是找一个人还是两个人，应该都一样吧？"

"应该是一样……但实际上并非如此，因为十六日下午，警方就找到天津小姐了。"

但人已过世——敦子说。

"咦？"

"换句话说，刚开始搜索是枝小姐的行踪，就找到天津小姐了。"

"是意外死亡吗？嗯，恐怕不是。"

穿着平常的衣物上山……这算是显而易见的情况吗？

"是自杀。她疑似是在离登山路线相当远的森林里上吊。由于服装和报案时的描述几乎一样，遗体立刻被送回来，也请家人确认过了。"

"确定身份了啊。"

难道——美由纪怀疑了一下。

有一瞬间，她怀疑是枝美智荣和那位天津小姐调包了。虽然这一来，过世的就变成美智荣了。然而，实际上似乎并非如此。

"家属领回遗体，并在隔周举办了葬礼，所以应该不会弄错。我在意的是后续情况。"敦子说道。

这时，荞麦面上桌。

在住校的美由纪眼中，荞麦凉面是一顿大餐，在宿舍里是吃不到的。

"嗯，既然敦子小姐耿耿于怀，事情想必不单纯。否则，只是恰巧发生在同一天的不同案件罢了。"

却见敦子愣愣地注视着她。

"怎么了？小心面会泡烂。"

"美由纪，你好灵巧。怎样才能像你这般边吃面边说话？"

"很普通啊。"或许不太普通。

"嗯，好吧。其实……关于那位天津小姐，有不太好的传闻。"

"不太好的传闻？"

"天津家是大富豪、有钱人。原本是萨摩[1]出身的士族，现在是开了好几家公司的实业家。噢，这不是重点……有传闻说，天津家的父女关系糟透了。"

这是从之前提过的鸟口先生那里听来的——敦子说。

鸟口似乎是某家经常报道丑闻一类消息的杂志的编辑。之前敦子提过，在试刀手案件发生时，鸟口帮忙调查了一些背景资料。

"敏子小姐的祖父非常严格，恰似旧幕府时代陋习的化身，是个老古板。守旧就算了，又完全背离时代潮流，极度重男轻女。"

1　日本江户时代的萨摩藩，领地为现今的鹿儿岛县及宫崎西南部。

"哎呀……"

真的有这种男人——美由纪说。

"虽然我不觉得女人比较了不起，或男人很糟糕，也不想抬高女人的身价，但女人也没道理被踩在脚下。遇上这种人，实在很伤脑筋。"

"就是啊。"敦子叹了一口气，"敏子小姐的祖父似乎年岁已高，陷在明治时代奇特的伦理观念里走不出来，也不是不能理解，但没想到她的父亲竟然有着相同的思想。不过，这只是传闻，不好随便乱说。然后，身为孙女，敏子小姐反抗得十分厉害。"

"难不成是因为这样才被逼上绝路？"

"若要这么说，确实如此。"敦子边说边拿筷子搅动着碗中的面。

"争执的根源恐怕更深。她寻死的理由疑似是——当然，本人已不在世，无从确定，但粗略地说……"

"是什么？"

"嗯……很可能是因为一场悲恋。"

"悲恋？是指悲伤的恋情吗？她冥顽不灵的爷爷和爸爸阻挡了她的情路吗？和情人被活活拆散，她觉得生无可恋？"

美由纪还是个孩子，无法想象世上有让人如此绝望的恋爱。真有会将人逼上绝路的爱情吗？或许有吧。应该有。

不，她觉得这要看人。

是枝美智荣就算失恋，也会借着大啖甜食来排遣，美由纪应该属于同类。可是，也有人不这样做。一个人心灵的强弱程度，是旁人无从忖度的。

敦子没回答，默默吃了一会儿荞麦面，才应了一声"嗯，是这样没错"。接着，她抬起头问：

"你有偏见吗？"

"什么？嗯，可能有一两种偏见吧，但我没意识到。我希望自己尽量维持公正的立场，只是我相当无知，或许会在不知不觉间产生偏见。"

"是啊，我也一样。虽然自以为是在努力消除歧视和偏见，很多时候却带着歧视的眼光去看待肉眼看不见的地方。因为……每个人都不同。"

"是啊。然后呢？"

"她的心上人是个女人。"敦子说。

"这样啊。"

"你不惊讶？"

"我才不会惊讶。这种情况还是存在的吧。毕竟恋爱和性别无关……不过，就算我这么说，也毫无影响力。社会大众应该不这么想，天津家家风那么封建，更不可能理解吧。"

"嗯，来自家庭的压力似乎相当大。天津敏子小姐的情人名叫葛城幸，她也在同一天下落不明。但她是独居，所以很晚被发现失踪。两个月后才找到她……"

"咦？"

"葛城幸小姐……就是在迦叶山过世的女子。"敦子说。

3

"这是一种傲慢。"

美弥子说道，但这次的发言似乎并非针对她自己。

"世上有太多人认为自身的价值观是永恒的、普遍的，而且绝对的，深信不疑。但价值观这种东西会随着时代和社会状况而改变，也往往局限于某个地区、某种文化，还是相对而论的，不是吗？"

"噢……"

"更进一步说，所谓的价值观，根本是非常个人的。绝大多数都是一厢情愿的认定，不是吗？"

"这……"

美由纪从未认真思考过这件事。

好的东西就是好的，坏的东西就是坏的，她对此没有太多质疑。

这也是一厢情愿的认定吗？

美由纪这么一说，美弥子不知为何笑了：

"比方说，伤害别人是不对的——不管在任何时代或地区，我认为这都算是普遍的真理。倒不如说，这样才是对的。美由纪同学指的好坏，是不是这样的观念？"

"应该是吧……"

难道不是在讨论这个吗？不是的，美弥子说。

"举个例子……"美弥子微微侧头说，"嗯，我是指'武士很了不起，尤其主公大人更是了不起'之类的观念。"

"可是，现在没有武士啊。"

"明明没有武士了，但那些以前是武士的人，却仍自认为了不起。"

"以前是武士……? 没有这样的人了吧? 因为明治维新都是一百年前的事了，不是吗?"

"明治和大正加起来也不到六十年，所以是八十几年前的事。"

"不不不……"

就算只有八十几年，当时的武士，现在也近百岁了吧? 美由纪不认为还有那么多生龙活虎的老人。

"打造明治这个时代的，是武士。"美弥子说。

"呃，让四民平等的也是武士，对吧?"

"那是社会结构，价值观不一定跟着结构走。江户时代也是，形式上公卿的身份阶级比武士更高，事实上却截然不同，不是吗?"

"我不太清楚。"

"幕府表面上尊重朝廷，手里却掌握着权力的实体，所以公卿贵族的身份几乎是有名无实，听说许多贵族都十分穷困。"

"是这样吗?"

对于公卿贵族，美由纪的印象是一群穿金戴银、吟诗蹴鞠、风雅度日的人。就算美弥子说他们过得很穷，她也难以想象。

"我认为这样的扭曲，正是明治维新的大义名分的部分由来。但我不熟悉近代史，没什么把握。"

"我是彻底无知。可是，华族不就是以前的公卿贵族吗? 直到不久前，他们都还是很了不起的一群人吧? 因为明治维新，社会整个被颠覆，武士失势垮台……不是吗？"

"不是的。江户时代的大名也成了华族。"

"是吗？"

"没错，武士根本没有垮台。说穿了，颠覆社会的也是武士。即使改变了社会结构，但武士依然是武士。事实上，直到最近，华族士族之类的身份阶级制度都还存在。嘴上说是平等，其实仍高人一等。"

"高人一等吗？"

"其实根本没什么了不起吧。"美弥子愤愤地说，"就像没有人生来卑贱，不可能有人天生就特别高贵。身份制度得到废除，国民应该都是平等的，却有一批人**自以为**高人一等，只是这样罢了。"

"**自以为**吗？"

"当然是**自以为**啦。"美弥子鄙夷地说。她应该曾遇到什么非常看不惯的事。

"不管是父母还是祖先地位不凡，跟自己都毫无关系。现今的社会有选择职业的自由，也有选择婚姻和信仰的自由，但这些都只是表面上说得好听，我认为是个大问题。不管是家业还是家名，都没有继承的必要。然而，有些人却紧紧抱住血统、门第之类毫无根据的事物不放，自我正当化，甚至世袭地位、名誉，那副模样与其说是愚昧，不如说简直就是丑陋。"

美由纪同学——美弥子叫了她的名字。

"先前提过，我总会质疑自身的想法，努力改正应当改正的地方。即使如此，我还是有两个无法原谅——或者说厌恶、无法退让的事物，你知道是什么吗？"

美由纪不可能知道。她摇了摇头，但黑暗已笼罩坑洞，美弥子也不是面对着她，于是她又出声说"不知道"。

"第一个……就是自以为是的人，我最痛恨自以为是的人。从不晓得反省、不听别人的意见，并坚持以此为信念、信条的人。不管那个人的观念有多正确、崇高，一样不行。根本是人渣。"

"人渣……"

千金小姐会选择这个词，实在令人意外。

"世上没有绝对正确的事。"美弥子说，"即使正确，也不见得是好的。如果挥舞这面正确的大旗会伤害到别人，就应该考虑一下挥舞的方式。不，应该重新反省自己所认为的是否正确。因为成见、妄信、盲从，不管在任何意义上，都只能是欠缺公平，而且愚蠢的态度。"

还有一个——美弥子说着似乎竖起了食指。

"以输赢来判断是非的人。"

"噢……"

美由纪不太懂。

"不能讲输赢吗？"

"不是不行，但输赢并非万能、绝对的价值判断吧？不，绝对不能滥用。"

还是不懂。美由纪只是觉得或许美弥子是对的。

"你不明白吗？"美弥子说，"输赢是极为狭隘的规则，而且唯有在严格执行的情况下有效，无法普遍适用于其他的情况。"

"噢……"

"跨出擂台就输了，这是只适用于相扑的规则。跌倒就输了、沾到泥土就输了，也是一样的吧？"

"嗯，是啊。"

"这种规则，只有相扑比赛才适用，在其他情况下是无效的。只是因为绊了一脚而跌倒的人，到底输给了谁呢？没跌倒的人全都赢了吗？没有这回事吧。唯有每个人都依照这样的规则来比赛，规则才适用。比赛中应该要严格判定，除此之外，规则是无效的。"

"是这样没错……"

"唯有在该情况有效的规则中明示输赢的场合，输赢的概念才有效，此外皆为无效。世上有形形色色的规则，但用不着想，明示输赢的规则非常有限。加入输赢的规则，能够适用的多半只有游戏、比赛之类。"

"是吗？"

美由纪觉得似乎未必如此……但如果仔细深思，或许确实就是如此。

"比方说，法律也是一种规则。只要身为社会的一分子，就非遵守不可的规则。法律设下许多禁忌，对吧？触犯禁忌，称为犯罪。可是，不是说犯罪就输了，否则……"

根本没有赢家——美弥子说。

"法律并不是'违法者输、守法者赢'这样的规则。法律只是规定不能做的事，在里面加入输赢的观念，岂不是毫无道理？遑论将这种单纯化的价值观带进没有任何规则、平凡无奇的日常生活，那何止是愚蠢至极，我认为几乎是犯罪了。然而，人们却经常用输赢来判断事情，究竟是为什么？"

"不知道。嗯，因为明白易懂吗？"

"是啊，也就是说，人们停止了思考。收入或财产的多寡、组织里的地位之类，都是无关紧要的事，没道理部长就比课长了不起吧？只是工作的内容不同罢了。更不存在先升迁的人就赢的规则，你说对吗？"

"呃，话虽没错，可是像我就经常会陷入挫败的情绪。明明没有任何规则，却觉得输了。自己无缘无故地较劲，然后无缘无故地输了。"

"那是你自己的规则吧。"美弥子似乎感到有点好笑，"是你心中的规则。这没有关系，是仅适用于美由纪同学自身，而且应该是很严谨的规则。况且，在这种情况下，做出判定的是你自己吧？"

"啊，没错。"

"判定输赢的是行司[1]。"美弥子说，"行司不是相扑力士，所以不是竞技者，是执行规则的一方。而你呢，你是在用只属于自己的规则来评判自己吧？"

会是这样吗？

"这纯粹是自我评价。采用一定的评价标准，超过就算赢，低于水平线就算输，只是这样罢了，对吧？正因为明白易懂，才如此指称。而且，是只在你自己的心中评断。"

"噢，真的完全是我内心的问题。就像美弥子小姐说的，是

1　行司，相扑比赛的裁判。

我自己的一套规则。"

"自我评价的规则，爱怎么制订都行。可是，这套规则不适用于自身以外的社会，也不能随意搬出来使用。"

"嗯，搬出来恐怕不会有人理我。应该说，那只是我心中所想。"不会宣之于口。

"然而，就是有一群人喜欢挂在嘴上，说什么自己赢了、那样就输了、输给你了、是我赢了，那到底是在做什么？"

确实经常能听到这种话。

"那群人究竟在想什么？"美弥子说。

天色很暗，看不真切，但千金小姐似乎噘起了嘴巴。大概是在表达她的愤愤不平，只是脸上带着稚气，显得十分可爱。

"什么输赢，是把自己当成世界的裁判吗？根本错得离谱。"

虽然明白美弥子想表达的意思，但……

"这……是啊，不过那是一种比喻吧？"

"比喻也不行。"

"比喻也不行吗？"

"不行。简而言之，那是剔除一堆东西，将事物单纯化而已。就像美由纪同学说的，单纯的事物容易懂，而且一旦有人开口断定，其他人便会觉得是这样，这和什么都不去思考是一回事。用输赢来比喻事物的人，一定是非常不擅长思考的人。依我看……"

比人渣还不如——美弥子断言。

"哎呀呀……"

"相扑也是如此，体育运动项目几乎都有将输赢纳入其中的规则，对吧？"

"是啊，不然连赛跑都不能比了。"

"也对。不过，赛跑的目的是什么呢？"

"咦？呃……"

儿童屋后面的空地上总是有小朋友跑来跑去，看起来很快乐。那是为什么？美弥子提出看似具有根源性的问题。

"呃，小朋友本来就会跑来跑去吧。"美弥子自己回答道。

"是啊。"

因为想跑才跑吧——美弥子说。

"跑起来很快乐，所以奔跑。明明只要尽情奔跑就好，但一大群人一起跑，会变得毫无秩序，于是设下用快慢来决定输赢的单纯规则，成为比赛……会不会是这样？换句话说，目的不是为了赢，而是因为好玩，不对吗？"

如果不好玩，就不会有人要赛跑了。美由纪这么一说，美弥子深深点头：

"其他运动比赛也一样，输赢说到底只是为了构成比赛的形式而出现的一种约定。运动竞技不是为了赢，应该从运动本身找到意义，对吧？"

"话虽没错……但是如果觉得输掉没关系，不是也不好玩了吗？"

"看吧。"

"咦？"

"变成非赢不可了。"嗯……确实如此。

"当然，因为想赢而努力练习，这是好事。不这样就不好玩了。但要是认为非赢不可、绝不能输，未免太荒谬。无论是练习还是比赛，倘若无法乐在其中，就是假的，不管是赢是输都一样好玩，才是运动的本质吧？我认为，所谓运动，应该是即使输了也觉得乐趣十足才对。"

"噢……可是，输了不会不甘心吗？毕竟赢了会很开心。"美由纪说完才想到，童谣《花一文》[1] 里有一样的歌词。

"或许吧，但不甘心，和觉得'这样不行'，应该是不同的。人们会不甘心，是因为想到下一次。这是想更努力练习、更投入的心情吧。"

"噢……"大概是吧。

"输掉就完了，过去的努力付诸东流，这种想法很奇怪吧？学习事物的过程、愈来愈熟练的过程，才是最快乐的。这才能成为人生的食粮。输赢只不过是一次比赛的结果，并非人生的结果。只输掉一次，就将美好的过程全盘否定，实在太愚蠢。如果不甘心，再次投入其中享受就行了。"

美由纪觉得十分有道理，但也觉得美弥子是因为有身份地位，才说得出这样的话。而且，她应该不曾有类似于**嫉妒**的经验。

平凡如美由纪，恐怕很难这样去思考。自认为怀才不遇的人，往往会追求优越感，在这种情况下，以输赢为基准就显得很单纯，也很方便。

1　童谣内容主要是描述购买价格银一文的花朵时买卖双方讨价还价的情景，有"赢了开心花一文""输了不甘心花一文"等歌词。

不过，对于胜负至上主义者的思考方式，美由纪也常感到吃不消。

"况且，输掉就完了，只限于古代的武士真刀比试之类的例子吧？输的人会死，死掉就完了。那么，当然会无论如何都想赢，但我认为将那种野蛮下流的行为和运动相提并论，本身就是错的。那种发霉的精神论一样的东西，不管对个人的人生还是社会，都只会带来毒害。什么强大的人比较了不起，因为了不起，所以厉害，所以是赢家，这种思维真教人生气。"

美弥子似乎陷入无可言喻的义愤中，握拳敲了一下地面。

"会变成这样，也都因为促使这个国家近代化的是武士。那场无聊的战争到底是怎么回事？"

"呃……"

她们应该不是在谈这个话题。

其实，美由纪和美弥子在山里遇险了。

"武士跟现在应该没有关系吧？"

"大有关系。比方说，所谓的家长制，最早是武家的规矩，不是吗？"

这……美由纪听说过。虽然想不起是听谁说的。

"家里地位最高的是男性长者。虽然我们理所当然地接受，但根本没有这种规矩。如果只是说要敬老，那可以理解，也应该这么做。不，不问年龄性别，生而为人，不就应该尊重他人吗？"

"我同意。"

虽然一向并不介意别人不对自己持以敬意，但美由纪不愿平白无故遭受攻击。许多人不分男女、不分对象，就是想骑到别人头上，美由纪觉得很麻烦，对于那种人，就任由他们去骑。但不管美由纪采取什么态度，那种人总会首先将攻击的矛头指向她。

真的非常烦人。

美由纪认为会想占上风的人，大体都是没自信的人。他们的内心已然毫无敬重别人的余裕，只能拼命自保，才会张口咬人。

他们一定以为不咬人就会被咬，而会咬人的才是老大。

在这种人的眼中，人际关系等于上下关系，或许也认为地位高的人就能无条件地殴打地位低的人。这么看来，可以说和美弥子论及的输赢判断是一样的吗？

"嗯，我觉得应该要敬重长辈。"美由纪如此说道，虽然她美由纪在坑洞里大发议论毫无帮助。

美弥子轻巧地回应说"是啊"。

"可是，美由纪同学，只是身为长者，而且是男性，就要别人无条件听从他的意见，未免太奇怪。就算年纪比较大、是男性，还是可能犯错，当中也不乏一些糟糕的人。毕竟，不论年龄或性别，蠢人就是蠢人啊。"

"呃……嗯，确实如此。"

"他们口中的'家'，指的不是家人或家庭，而是有自己血统的集团。媳妇是人质，媳妇的娘家是自己人，女婿也一样。那不是丈夫，而是入赘女婿——养子。"

"我不懂'人质'或'自己人'的意思。"

"除了自己人以外，全是敌人。他们是以敌人或自己人、胜负输赢来看待事物的。换句话说，是以战争为前提的思维。那根本是武家——而且是古老的武家的形态。简而言之，只是源于想以自己或自己的直系血亲为顶点来扩大势力的肤浅欲望，也是旧时代的卑鄙思想的结果，对吧？在这种人的眼中，'家'纯粹是膨胀的自我。不管是配偶、孩子或孙子，所有的家人，都不过是用来保护自我、扩大自我的工具罢了。"

"啊……"

类似的内容，美由纪在别处听过。大概是敦子的哥哥说的。

或是有人从敦子的哥哥那里听到了这样的内容，又向美由纪转述。如果是直接听到，印象应该会更深刻。

"每个人都在谈什么儒学、道德，加上一堆煞有介事的歪理，但根本是牵强附会。那是男人为了维护膨胀的自我，死守由此带来的既得利益而掰出来的诡辩，彻头彻尾地不合时宜。"

"呃……"

应该也有不是这样的男人吧？美由纪提心吊胆地提出意见。

"有呀。有很多。当然有。同样地，也有许多女人对此毫无疑问。拥有这样的思维，并不是一种问题，毕竟世上有形形色色的人，当然会有这样的人。这是无可奈何的事。"

"可以吗？"

"可以呀。但将这种情况视为天经地义，就是放弃思考，而强迫别人认同这种主张，就是罪恶，我是这个意思。"

"噢，也是……我能理解。"

虽然能理解，可美由纪还是觉得跟眼下的现实没有关系。她渐渐搞不懂现在是在谈论什么了。

"这有关系吗？"美由纪问，美弥子回答：

"大有关系。因为就是有这样的想法，才会变成婚姻等于怀孕生子，不是吗？"

美由纪觉得，突然对连一场像样的恋爱都没谈过的她聊起怀孕生子的话题，未免太奇怪了。更重要的是，事情的脉络连不起来。

"什么意思？"

"换句话说，婚姻和性关系变成同义词。恋爱也一样，如果不符合这个图式，就不能允许。不结婚、无法结婚的关系，不论有无性关系，都会被视为不义、不伦。明明这是不同的两件事，对吧？"

"我不知道你指的是哪件事。"

"我认为，一辈子的伴侣——人生的伴侣、恋爱、性关系、怀孕生子，这几件事彼此之间虽然密切相关，却不能混为一谈。就像我很喜欢美由纪同学，但并不是爱上你，也不想和你发生性关系。"

"啊？"

美由纪不禁红了脸。

"没什么好脸红的，我已声明不是这样了。"

"坑、坑洞里这么黑，你居然看得出来。"

"我乱猜的。"

美弥子说完，"呵呵"笑了。

"我读女校的时候，也有过'S'的朋友，但没发展成过于亲密的关系……"

"S"是主要在女学生之间使用的隐语。据说来自"sister"的首字母，但在美由纪的认知里，"sister"一词指的是姊妹或修女，因此她无法理解为什么会是这个词的首字母。不过，"S"似乎是指超出好姊妹的关系。

用不着想，女校里只有女性，自然指的是女人之间的关系。

美由纪不清楚这个词在社会上通用到什么程度，在转进现在的学校以前，她都没听说过这个词。

美由纪现在就读的学校，也流传着某些学生之间有 S 关系的传闻，甚至有人公然宣布。

要掌握谁和谁之间究竟有多深的关系，十分困难，但据口无遮拦的长舌妇们说，似乎是相当厚颜无耻的关系。

"可惜的是……我似乎没有和同性发生性关系的资质。"美弥子说。

"需要资质吗？"

"这部分解释起来有点复杂，可难道不是吗？不过……是啊，说'资质'似乎会招致误解，可是找不到更恰当的词汇了。至少那并非嗜好，因为有些人别无选择。似乎也有人是不分性别的。"

你又脸红了吗？美弥子问。

"不、不知道，我又看不到自己的脸。"

"没什么好羞耻的。就因为当成闺房秘事，才会有愈来愈多人误会。凡事都要有个度，也必须认清合宜的礼仪和场所，但不需要为那件事感到羞耻，也不用躲躲藏藏……又不是犯罪行为。"

"就是……说呢。"

"强迫发生性关系，或是施加暴力之类，用不着想，就是犯罪。以前和我订婚的蠢男人……就是这种下流的家伙。"

"咦？"

"榎木津先生把我的婚礼破坏殆尽，等于是解救了我。虽然是父母决定的政治婚姻，但光是没能看透那种恶劣到家的男人的本性，说明我也罪该万死。他坚信自己是最正确、最了不起的人，实在教人唾弃。强奸和性骚扰……根本是对女性的——不，不分性别，就是侮辱和凌辱性本身的、穷凶极恶又下作卑劣的犯罪。如果我是中世纪的执政者，一定会把他打入大牢，让他再也无法重见天日。"美弥子又捶了一下地面，似乎怒不可遏，"听好，美由纪同学，将恋爱、结婚、繁殖与性行为放在同一个水平线上谈论，纯粹是因为这样对他们才有利。至于是对谁有利，就是对一部分紧紧抱着武家社会残渣不放的落后于时代的男人有利。现行制度也是这些人打造出来的。"

但你别误会了——美弥子说。

"我不是说所有男人都是坏的，也不是说所有女人都是好的。我抨击的是放弃思考，接受旧时代的那种男尊女卑思想横行的过时制度在现代通用，并且毫不批判地深信不疑、毫不质疑的人。如果不加思考就接受，那么不管是男是女都一样，不对吗？"

美由纪不知道对不对。

不过，她也觉得不经思考就接受不太好。倒不如说，这样不是很可怕吗？而且"过去就是这样"，根本无法成为理由。

美由纪这么一说，美弥子点点头回应"是啊"。

"况且，根本就没有什么'过去就是这样'。因为这个世界随时都在变动。有些人只是认为这样对他们有利，就想停止变化。现在这个国家的原型，就是那种人打造出来的。这样的东西，根本不是传统或文化。"

"或许吧……可是我被骗了蛮久的。即使觉得怪怪的，如果别人说一直以来都是这样的，也无从反驳，有时候就直接接受了。"

"就是啊。"美弥子说，"即使制度古怪，也非遵守不可。只是姑且不论制度，连没有明文规定的事都要受到束缚，我真的无法忍受。确实，依照现行的法律，同性之间不能结婚，在生物学上，同性也无法繁殖，但除此之外都没有问题。既然如此，光明正大地在一起就好了，不是吗？"

"恐怕没办法吧。"

会招来白眼。会被视为异类。

美由纪也是，只因是从乡下来的，家里又不那么富有，加上长得特别高大，就先招来轻蔑了。若是特立独行、表达不同意见，想必也会遭到排斥。

美由纪没见过什么世面，而且还是个孩子，不管受到何种对待，也严重不到哪里去，所以这方面她看得挺开的，但应该有人会无法承受吧。

"完全没必要放在心上。"美弥子语气强硬地说。

"我是这么希望啦。"

"我懂。因为我有个**人妖**好朋友。"

"咦，那是……？"是人还是妖？

"他的性别是男性，但内心是女性。虽然是女性，但富有男子气概……啊，这样说很怪，不过就是这样一个人。他叫小金。"

美由纪无法想象。

"本名……应该是叫熊泽金次吧。约莫五十岁，长得有点像相扑选手松登，理了个大平头，头发已经花白，膂力倒蛮强的。"

"是、是个阿伯?"

"外表看起来是，但他的内在是女性。年纪和家父相差不远，却是我重要的好朋友。我们很聊得来，而且他性格开朗，不单风趣，又会跳舞。他在淀桥一带有点没品的酒吧上班。"

"你……交游真广。"

美由纪这么一说，美弥子却解释说是榎木津介绍的。既然是榎木津介绍的，也就难怪了。

"小金……嗯，由于是那种样子，所以似乎受到社会大众严重的歧视，也遭到冷酷无情的人的迫害，但他却毫不气馁。因为他没有任何需要感到羞耻的地方，更没有给任何人添麻烦。世人不理解小金，也不接纳他，但他努力去理解这样的世人，并努力去接纳别人。"

"不是努力让自己受到接纳?"

"小金不这么做。他不会迎合别人。他只是单方面地想去接受没用的社会，肚量比世人大多了。虽然有些没品，不过他在这一点上非常值得学习。"

"我可以请教一下吗?"

那个人……

"啊，小金就是**那种人**，但并不是他自己喜欢这样的。"

"意思是，天生的吗?"

"这一点我不清楚，可是他没办法选择别的人生。刚才提过，这不是能凭喜好选择的。"

美弥子先前是说过，这并非一种嗜好。

"当然，有人是凭喜好选择的，但就算是那种人，也不需要感到羞耻。只要不给别人添麻烦，有什么嗜好，是个人的自由。然而，跟小金一样的人，有些也会扼杀自我，努力配合社会的尺度，活得痛苦不堪。不过，我觉得要活得像小金那般堂堂正正，更是辛苦。既然毋庸置疑，就是有这样的人存在，这是难以动摇的事实，而这样的人活得很艰辛，那我就认为，便是这个社会错了。美由纪同学认为呢？"

"应该就是这样吧。"

"本身没有错的一方，却必须配合错的另一方，否则就过不下去，实在没道理。"

"那种人，应该是既不认为别人没错，也根本不觉得自己有错吧？"

"就像你说的那样。"

这就是我讨厌的成见——美弥子说。

"小金的店里，除了小金以外，还有虽然是男性却只穿得惯女性衣物的人，或者虽然是男性却只能喜欢男性的人。每个人本来就不同，社会上有形形色色的人是当然的。去严格区分他人，论断这可以、那不行，我认为是不能允许的事。因为……"

人是平等的吧？美弥子说。

"一切都只不过是崇拜毫无用处的类似扭曲的武士道一样的东西，只想维护家门、血统之类根本无关紧要的东西的、脑袋生苔的那帮家伙的成见，不是吗？"

"脑袋生苔吗？"

"要说是发霉也行。那群人成天摆臭架子，却谄媚强者，刁难、践踏弱者。他们认为只要赢了，就是绝对的伟大，一旦输掉就完了，所以……才会发动战争。"

瞧瞧造成多少祸害！美弥子骂道。

嗯，看来，以为没有关系的话题似乎是有脉络的。这一点美由纪理解了。

"他们到底把人当成什么？我要重申，我丝毫不认为每个男人都是如此，也完全不认为男人统统都不好，但至少目前的社会和制度，是为了迎合那群脑袋不好的家伙而创造的，不一定是——不，绝对不是正确的样貌。我是想表达，无法忍受毫不批判地妄信、盲从这套制度，你能理解吧？"

"我懂。"

就算是美由纪也想不到，居然会在山中坑洞听到这番长篇大论。不过，美弥子说的都非常有道理。看来都有许多难处啊，美由纪暗想。

美弥子和小金他们，便是果敢地挺身面对这些难处的人吧。

"像是家父，表面上表示理解，内心深处其实对我的想法十分反感。我和小金来往，他也动不动就要教训我一番。"

虽然这似乎又是另一个问题了，但真是如此吗？尽管美由纪也觉得一个二十岁、正值花样年华的姑娘进出可疑的酒吧，并不是那么值得嘉许的行为。

"成年之前，我都滴酒不沾。"美弥子说，"当然也不会劝你喝。严格遵守法律是国民的义务。若是不尽义务，就没资格抱怨。我认为要主张权利，应该先尽义务。恶法必须改变，但如果要改变，就得依循正当程序，在改变以前，理当继续遵守。"

不，话虽如此，但美由纪觉得也不是不喝酒就没事的问题。即使小金不是那类人，美弥子的父亲应该也会教训她吧？

而且，那好像是一间没品的酒吧。

"美由纪同学，"美弥子叫了她的名字，"你理解我说那个人傲慢的理由了吗？"

"咦？"

那到底是在说谁傲慢，美由纪已经搞糊涂了。

"呃……"

"就是在这座山自杀的女子的父亲。"

美由纪想起来了。

"确实，同性之间的婚姻，现行法律是不允许的，但法律并未禁止喜欢同性。尽管无法结婚入户籍，也能选择同性为人生伴侣吧？即使和同性发生性关系，别人也没有理由说三道四吧。纵然是亲属，在这点上也没什么两样？生存方式是由自己决定的，挥舞着家族名誉、继承人资格之类的来压迫人，甚至把人逼上绝路……"

"啊……"

没错，本来是在谈这个话题。

"听到这种事，我实在气愤。"美弥子说，"难道那些比女儿的性命更重要吗？如果想要保证血统延续，方法多得是。虽然同性之间无法生子，但人生的伴侣和为繁殖而结的伴侣可以分开吧？就是统统捆绑在一起，一味地以旧有的伦理道德为借口把人逼得走投无路，才会发生悲剧。那位小姐恐怕最终还是认定自己是异常的，明明她完全正常。"

不可能是异常的。

退一百步来讲，就算她真的异常，这个无法接纳异常的社会，也实在无法教人觉得待起来能舒服到哪里去。

"如果能多多体谅对方，反躬自省，抛弃成见，真诚地去面对问题，就算关键的意见不合……应该也绝不会走到这一步。那位小姐的父亲不是想开导她，也不是想斥责她，他只是想赢过女儿罢了。而那位小姐输给了父亲……"

于是选择了死亡吧——美弥子不甘心地说。

"可见有时傲慢会剥夺一个人的生命，我要引以为戒。"

"就是……说呢。"这一点美由纪也同意。

"我们会掉进这个坑洞，嗯，也全是我的傲慢造成的后果。"

虽然美由纪丝毫不觉得美弥子傲慢，但是目前她们确实身陷危机……

对美由纪来说，对于轻忽大意会招来死亡的这种说法，这下确实有了一种切实的感受。好黑。太阳似乎下山了。

此地原本就阴暗，坑洞里当然更加黑暗，但应该还不到伸手不见五指的程度。山中虽然黑暗，不过既然眼睛能逐渐习惯这种暗度，表明多少保有些许的光量。

亮度对于人的思考和感情，或许有莫大的影响。连自认乐天派的美由纪，都不禁心生不安。

好在传入耳中的美弥子的声音让她觉得相当可靠。

一旦声音停歇，她心头就会涌上些许不安。

"我的朋友里也有萨摩武士的孙女，"美弥子接着说，"我和她的母亲、祖母有所往来。她们曾表示：若是不捧高男人，男人就派不上用场。"

"噢……"

"提到萨摩，许多人都倾向于说那是男尊女卑的渊薮，但似乎实际上稍有些不同。不是男人伟大，而是男人都靠女人捧高罢了。"

"只是被戴高帽吗？"

"跟戴高帽还有点不一样。妇女是真心诚意甘愿牺牲自己的人生来捧高男人。女人做到这种地步，男人要是还不肯抖擞振作，真的就是废物了，对吧？"

"嗯……是呢。"

有人为自己牺牲奉献，不会反倒觉得很难受吗？又不是每个人都能满足别人的期待。

"可是，正因如此，这种风气只有在深切的相互理解的基础之上才能形成。即使不说出口，男人内心也深深感谢妇女，而即使没有听到感谢的话语，妇女仍相信男人感激在心……"

"如果不说出口，怎会知道？"

"这就是关键。"美弥子回答，"不说出口是双方达成的默契。"

"为什么？"

"一旦说出感谢就完了，会觉得下次也要说出口，否则就是不感谢，不是吗？"

"那么，每一次都表示感谢就行了啊，又不会少块肉。如果真的心怀感激，说几次都不要紧吧？"

"但这样一来，情况会变成是想得到男人的感谢而奉献，那样的话，就要另当别论了。然而，说到底，这是想方设法不伤害男人的自尊心的同时，默默促使男人奋斗才形成的关系。"

"噢……"

"若是打破默契，男人可能会说'我不想奋斗，所以你不用捧高我'，对吧？搞不好还会说'我不想感谢你，所以你也不要再为我奉献了'。八成也会有得不到感谢，就什么都不做的情形。那么，日子就过不下去了。"

"会是这样吗？"

"这是过去的情形，现在已经有所不同。我朋友的母亲也说，这样的关系老早就崩塌了，不再适用。可是……"

"噢……"

"男人却仍沉浸在误会中。"

"误会什么？"

"有一群傻瓜以为有人吹捧，他们就是真的了不起。"

"傻瓜……？"

人渣、废物、傻瓜……

千金小姐的词汇出人意料地丰富。

从她的话听来，她似乎有不少古怪的人脉，或许交游也很广。此刻几乎看不见她的脸和身影，这种感觉便益发强烈。

"若是沦为形式，就只是陋习而已。沦为男人榨取女人的生命的恶劣形式。"

"这我懂。"

"是啊。默契毁坏了，只要双方不存在真切的互相理解——即使没有，但如果愿意努力去互相理解，总有办法走下去，然而，人们却对最关键的部分等闲视之，徒留形式，所以才会没救。"

"就是……"

"根本用不着深思，只因为是男人，就毫无根据地强迫妇女牺牲奉献……根本是疯了吧？"

"是啊。"

"毕竟这样才对男人有利。如此一来，不仅能维护自尊心，还能高高在上地颐指气使。男人是借由相信自己就是无条件伟大，才能勉强维持自我，这简直是胆小鬼的行径吧？你不认为这种误会也太离谱了吗？"

"是啊，可是……"这是很常见的事。

"为了这一小撮的胆小鬼，付出了多少牺牲？遭到榨取、歧视的不光是女性，真要说的话，刚才提到的小金也是……"

美弥子说，他也是萨摩人。

"咦，这样啊。"

"小金没办法融入故乡的环境……虽然他这么说，但我认为他一定经历过相当难过、痛苦的事情。上一场战争，小金也出征了，他说他非常痛恨军队生活。这也是当然的。军队里没有女人，发霉的武士道和无意义的精神论横行无阻，既暴力又令人绝望，就像胆小鬼互相厮杀的场所。"

"我、我不清楚军队的情况……"

"军人应该也是形形色色，而且男人是被强制征兵的，所以尽管各人的状况不同，环境的强制力还是存在的。恶劣的环境会压迫人。制造出这种环境、进行压迫的……"

是老旧无用的价值观——美弥子说。

"若是坏了丢掉就行，若是旧了换新的就行。不顾默契，只截取不再适用的表面形式，改造成对自身有利的样子，宣称是传统，让它苟延残喘，我实在无法容许这种行为。我这样想是错的吗？"美弥子说到最后，这样问道。

"呃，光是听你说，似乎并没有错……倒不如说，全让人不禁点头称是。可是，应该也会存在反对的意见，而且不同立场的人会有不同的想法，像我这种没见过世面、又没读过什么书的小丫头，当下难以判断。"

要迎合很容易，应该也能出声否定。

可以毫无根据地赞同，也能毫无理由地说出一套反对的意见。就算不加深思，依然能凭心情说出一些什么来。但美由纪觉得，如果不是自己咀嚼、整理、信服的发言，不太有意义。

应该要好好思考以后再发言。而思考的前提是需要学习，但现在的美由纪没有学习的余裕，因为她遇险了。

美弥子似乎和敦子一样，探求道理，将目光投向事物。

但敦子与美弥子有些不同。

美由纪感觉敦子是将重心放在极为现实的地方，从那里仰望真理，摸索通往真理的道路。相对地，美弥子则感觉是将重心放在"理当如此"的理想上，为人世间的矛盾和谬误而焦躁不安。当然，这只是印象，没有任何根据。

美由纪正思考着，美弥子突然高呼："太棒了！"

"怎、怎么了？想到什么逃脱的方法了吗？"

"不是的。我是在说，你的回答真是太棒了。"

"咦？"

"在现阶段，我并不认为自己的想法是错的。正因自认为是对的，我才会说出口。但其中或许有某些错误，也可能从头到尾都错得离谱。如果有人指出错误所在，如果我也能接受，便会立刻修正观点。因此，听我啰里啰唆了一大堆，即使当下被说服，也不该表现出照单全收的态度，更不能因为听不懂就否定。若是没有自己独到的见解，我认为，像美由纪同学那样回答才是正确的。"

是吗？

美由纪只是思考着"如果是敦子会这样回答吗"，然后模仿罢了。虽然她不清楚实际上敦子会不会这样回答。

"非常好。"

美弥子极为愉悦地说，但现在当然不是能为这种事开心的时候。

"不管怎样，逼迫那位过世的小姐的，就是她的家人。明明不管世人的目光有多严苛，家人都应该保护她。然而，最后却造成家人逼死她的结果，实在太不幸了。这叫什么事啊——那位小姐……"

"是——天津敏子小姐。"

"对，那位天津小姐投缳而死的地点，说是也就在这附近，对吧？"

"投缳而死……"

这说法十分古怪，美由纪差点笑出来，但仔细想想，这不是该笑的事。美由纪不怕怪物也不怕尸体，但听人这样提起，感觉还是有些不舒服。

"真是太惨了。"美弥子说，"根本没必要寻死——嘴上这么说是挺容易，然而她会走到这一步，其中的痛苦，不是旁人能够体会的。只剩下这条路可走吗？她的内心一定非常煎熬吧。如果是家庭环境逼她选择自杀这个最糟糕的结果，责任就太重了。留下的家人是什么心情，我无法体会。即使如此，他们仍无法抛弃陋习吗？"

"嗯……听说是这样没错。"

若是相信敦子的调查结果，只能这样去想了。

敦子从鸟口那里得知相当详尽的案情。当然，她不是出于好奇抱着凑热闹的心态去打听，而是为了厘清此案和是枝美智荣的失踪案之间的关联。

听说天津敏子的遗体被找到时，父亲天津藤藏已抵达高尾山的药王院附近。约莫是等不及警方通知，先行上山了吧。

得知警方锁定高尾山进行搜索，他似乎再也无法静待消息。

听到这件事的时候，美由纪心想，做父亲的肯定心急如焚，结果是她贸然断定了，事实跟她想的有些不同。

据说，天津藤藏是担心女儿和另一个女人殉情。

两名年轻女子看破红尘，双双殉情——如果变成这样，作为一桩所谓的丑闻，算是恰如其分，也将成为三流杂志绝佳的报道题材。

虽然后来确实演变成了那样。

这件事登上了杂志。尽管报道中是匿名处理，但应该不难猜出是什么人。毕竟有关女子在高尾山上吊自杀的报道也上过报纸，只要比对地点和日期，不必调查就能联想到。

天津藤藏等于白忙一场。

而且，过世的只有天津敏子一个人。

天津藤藏似乎担心会像戏剧或其他与殉情有关的作品中所描述的一样，两人的遗体以绳索相系的状态被发现。若果真如此，他害怕报纸会对那种状况有所描述。

这年头报道的速度飞快，如果真出现那样的场景，他打算当场跟警方磋商，请他们酌情公布案情。居然可以这样吗？

美由纪以为像警方这种公家机关，或是报纸、广播等新闻媒体，都会对大众据实以告，没想到这才是一种成见。

按照敦子的说明，情况并非如此。虽然不能捏造或窜改，但若是会对相关人士或遗属造成严重的伤害，或是担心对社会造成不良影响，有时会隐去部分信息不报。此外，碰到未侦破的罪案时，对于会影响侦办的信息，有时也不会公开。

这起案子是否符合上述条件，令人存疑。不过，正如令美弥子感到愤慨的那样，目前同性恋爱确实无法受到社会认同。

敦子说过，在这样的状况下，警方答应遗属的要求的可能性恐怕很大。

不过她又解释说，应该会说成是感情好的姊妹淘相偕自杀，不会说是殉情，也不会列出让人联想到殉情的旁证。当然，这些事不经调查就无法断定，所以从某种意义上来说是合理的。

听敦子的语气，感觉上，天津藤藏反倒是担心万一辖区警署的高层对同性恋爱抱持强烈的反感，为了贬低死者，有可能在公布案情时故意描述得很具有煽动性。

会有这种情况吗？

将死者视为犯罪者，实在可悲。

美由纪表达自己的看法，敦子回答说"或许会有这种情况"。

那天，吃完荞麦面，敦子和美由纪没回儿童屋。由于天气并不冷，她们来到附近的空地，坐在废木材上继续交谈。

"不行啊……"敦子这么说，"我们怎么会坐在这种地方？"

"呃，毕竟不是应该在有孩童跑来跑去的零食小卖部聊的话题。"

"虽然我也觉得本来就不应该在零食小卖部或荞麦面店聊自杀和失踪的话题，可是……"当时敦子的神情看起来十分难受，令美由纪印象深刻。

"刚才提过，我努力避免歧视别人，实际上也不认为自己有歧视的意识。"敦子接着说，"事实上，撇开宗教戒律或文化倾向，那样的人——虽然我也认为不应该用'那样的人'来对他们一概而论，我没有理由将他们同另外的人群区隔开来，更别说轻蔑他们或被他们所轻蔑。"

"就是说呢。"

"就是啊。"

敦子说着仰望天空。

那日虽然是阴天，天空却有种透明感，显得十分高远。

"不管怎么找，都找不到这样的道理。比起感情，我更倾向于重视逻辑。既然如此，内心应该不会有任何芥蒂才对，可是一旦深入思考，就不禁怀疑：我真的接受那样的人吗？我真的没有暗暗区隔他们吗？我心中真的毫无阴霾吗？……我觉得很不安。"

"嗯，这……"

本就是这样吧？美由纪说，"重要的是努力去做到的心态吧？"

"是这样没错，但要说的话，是……更具本源性的不安吗？人往往倾向于喜欢和自身相近的事物，远离相异的事物，对吧？动物大部分也是如此，这也是无可奈何的情况。许多人觉得猫狗可爱，约莫是容易联想到人的外形和动作。昆虫或爬行动物要接近人类，却估计需要经过相当高度的抽象化。明明同样是生物，没有贵贱之分，外表却会造成隔阂。"

"嗯，我不太喜欢虫子。"

"你并没有错。"敦子说，"那只能算是单纯的好恶。姑且不论动物，人类之间，只因外表不同就互相排斥、歧视，原本就不应该。人种歧视的问题也一样，虽然还有包括文化背景在内的各种理由，但在根本之处是相同的。"

"或许吧。"

面对外国人的时候，美由纪完全不会涌现瞧不起对方的心态，却会觉得对方瞧不起自己。这应该也是外表带来的一种偏见，或许也是歧视心态的逆向显露。

"用外表来严格区分他人，这是不能允许的事。但外表上的差异，从某种意义来说十分简单明了，因此将来或许能渐渐消弭。可是，心的问题……"

太迷离难解了——敦子说。

"看起来没有任何不同，其实却天差地别，这也是当然的，人本来就各不相同，应该有多元的生存方式，必须肯定多样性。我由衷这么想，却又觉得自己似乎在保持距离。"

敦子说着垂下头去。

"家世歧视、职业歧视、地域歧视……这一类的东西，我认为都应该要消弭，我也能断言自己内心完全没有这类歧视。对于性倾向有差异的人，自然也一样。"

"可是，你却做不到，是吗？"

"我没有歧视的感情。"敦子说，"这是真的。我很清楚，只是有些部分不同，没有更多差异。我也从不觉得无法忍受有人与自己不同，或是认为不可以、不对、不好、讨厌，我不会有这些想法，完全不会。然而……是啊……"

我在害怕什么吗？敦子说。

"害怕？"

"或许是因为我会想，搞不好是我比较差，我才是错的。"

"什么意思？"

"异常与正常的区分，本就是终归无法教人信服的，但世人都轻易地使用这样的区分。以这样的尺度去看事情，很容易变成异性恋者是正常的，此外都是异常。绝对没有这回事，就像我刚才说的，有时这纯粹是数字的问题。所以，我会尽可能排除这类偏见和成见，然后深入思考……"

我曾想过，异常的会不会其实是我？敦子说。

"呃，是这样吗？"

"嗯。区分正常和异常本身就很奇怪，所以这样去想也很奇怪，但打个比方，当主张因为占多数所以是正常的这一言论无效的时候，我会忽然想到：反过来又会是怎样？当然，反过来也是无效的，可是我仍会陷入虚妄的执念，大概是……"

敦子暂时打住，仰望天空。天空一片白茫茫。

"因为我预期身为人，他们或她们是更为纯净的存在吗？换个角度来看，那些人也等于是挣脱了性别这种生物学上无法逃离的枷锁。"

"噢，这样啊。"

是自由的吗？

"可是，那些人过得一点都不自由。"敦子说，"另一方面，尽管如此……还是应该说，正因如此？在那些人眼中，无法脱卸的肉体，成为再沉重不过的枷锁。正因为心灵无比自由，更突显出处境的无比不自由，何况还有'社会'这堵高墙。虽然我对'弱者'这种称呼也有抵触，但对那些人来说，现今的社会确实难以生存。"

"嗯，是这样没错，可是……"

"我认为，社会的高墙迟早能跨越，虽然要花点时间。从这层意义来看，许多人正在面对类似的高墙……而且，目前的状况是，只因身为女人，就会受到某些迫害或剥削，这些偏见也必须设法改变才行。性方面的问题也一样。然而……"

我果然是在害怕吗？敦子说。

"害怕什么？"

"或许是害怕严肃地面对吧。其实也不是害怕……是预感到如果严肃面对，内在会有所改变吗？是在害怕这个吗？"

我不太会解释——敦子说。

"不管怎样，我认为，小心翼翼地对待那些人是错的，应该更普通地对待。因为他们就是普通人。说普通也颇怪，但我想不到更好的说法了。"

美由纪明白，"普通"这个词虽然方便，却也十分棘手。

如果将多数派定为"普通"，很有可能变成歧视、排除少数派的词汇。为了厘清事物而估算出标准值时，这种方法有时或许有效，但将不符合规格的事物视为异常、恶劣，未免太奇怪了。

可是，如果拿掉所有标准，将一切都视为"普通"，那么，就连反社会、反道德都将变成"普通"了，这样也不合适。美由纪觉得"普通"一词不是这么用的。

最麻烦的是，以自身为基准，宣称这就是"普通"，但抱持此种心态的人感觉格外多。

敦子所说的"普通"，想来应该是偏离人的吧。

考虑到种种条件，将其彼此磨合，在此基础上设想最自然、最符合道理、最不勉强的状态，称其为"普通"。若是这种意思……

"每个人都很普通呢。"美由纪说。

"嗯，是啊。"敦子应道，"不管怎样，他们或她们既不奇怪，也不低人一等。没必要感到羞耻，也没必要躲躲藏藏。然而，我们却忌讳在人前谈论这个话题，对吧？事实上，我们就跑到空地来了。"

所以才说不行吗？

"所以我才说不行。"敦子遗憾地接着道。

"可是，话虽如此，大多数的情况，本人都会选择隐瞒。非隐瞒不可吧。因为世人会对那些人贴上'异常''可耻'的标签，他们遭到排斥的可能性很大。"

"是啊……"

不管是对是错，人们都不喜欢受到责备。如果是对的，没有过错，就更是觉得讨厌。可是，不管再怎么正确、没有过错，如果看不到对方，那么连要反抗都十分困难。有时愈是出声，愈会成为箭靶遭到攻击。

"这样一来，比方说，在公共场所谈论这种事，非常有可能对当事人造成不利。考虑到现今的社会状况，大众缺乏应有的理解，这肯定是相当敏感的话题，可是……"

"敦子小姐太认真了。"

美由纪这么想。

"没什么不行的啊。我也会思考一样的事，但不够深入，所以不太放在心上。虽然我不想伤害别人，但有时即使没有那种意图，仍会伤到别人，也只能道歉了。"

美由纪的情况是，反省自身鲁莽之举的时候格外多。如果发现做错了，先道歉再说——这是美由纪的处世之道。

"有时或许就算道歉也无可挽回，所以应该更谨慎一点，但我就是思虑不周，动不动就犯一堆错。"

"嗯，或许吧。"敦子应声。

"不管是男人和男人恋爱，还是女人和女人恋爱，我完全都不在意。大概是我只能看到事物极其表面的东西，才会这么想，也可能纯粹是因为我太无知。关键是，我不太了解'恋爱'本身。我的情况是，脑袋里还觉得自己是个孩子。我是认为，在天真无邪地玩耍的孩童们旁边聊有关爱恨情仇、上吊、自杀的话题，好像不太对……只是这样罢了。"

敦子露出惊讶的孩童般的表情。

"怎么了？"

"你说得对，只是这样罢了。"敦子转向美由纪，佩服地说，"你才是普通的。"

虽然不清楚是什么意思，但除非和某些东西比较，否则一般情况下，任何人都是普通的吧。

"一定是我的脑袋过于僵化了。而且说到底，在这起案件里，这个部分……或许和核心问题无关。"

我先撇开细节，直接说明吧——敦子仿佛要重新来过似的说。

"无法查出自杀的天津敏子小姐是几点左右、如何去到自杀地点的，对吧？只知道她离家的时间，早于家人发现的前一天清晨。现场没找到遗书，但留在家里的字条就像是遗书，所以警方才判断是自杀吧。可是……"

"可是？"

"不知道有没有同行的人，对吧？她自杀的动机，应该是看不到和情人的未来，陷入绝望……这样的话……"

"会是……殉情吗？"

"她的父亲藤藏先生大概也认为，这个动机很合理。事实上，敏子小姐失踪的那天，她的情人葛城小姐也下落不明。私奔也就罢了，再说若要自杀，只有其中一方踏上黄泉路十分不自然。"

美由纪还是不懂失恋寻死的人的心情。虽然不懂，但她觉得一定痛苦到不行。如此相爱的对象陷入如此痛苦的心境，被逼到想寻死，不可能坐视不管吧。

如果怀着同样的心情……

"会想要一起踏上黄泉路吗？"

"不知道。"敦子说，"无法轻易断定必然如此。或许曾劝阻，也可能尽管劝阻了，对方却还是死去，所以选择追随她。"

没错，葛城幸也过世了。

"那位葛城小姐身上穿着下落不明的是枝小姐的衣物，对吧？"

"嗯，是这样没错。"

这件事虽然严重，却也十分古怪。

"之前的推理——也不算推理，那种猜测，如果歪打正着，那么，是枝小姐和葛城小姐交换衣服的可能性……是不是就变得很大？"

会是这样吧。

"那么，是枝小姐和葛城小姐交换衣服的地点，不就是在高尾山上？这表示葛城小姐当然也在高尾山吧？而且是在从是枝小姐上山，到天津小姐的遗体被发现的这段时间里交换衣物，不对吗？"敦子说。

"没错……"

美由纪并未整理时序，但天津敏子的遗体，是在开始搜索是枝美智荣的前一刻发现的，所以……应该就像敦子推测的那样。

是枝美智荣的家人报案时，天津敏子恐怕就已经过世。

"虽然不清楚天津小姐确切的死亡推定时刻，但可以推测，她在是枝小姐登山之际就已过世，或者是是枝小姐在山上期间过世……应该是在这样的时间点。假设两人交换衣物是事实，那么我认为，那段时间葛城小姐也在高尾山。这么一来，葛城小姐极有可能待过天津小姐的自杀现场，或者就算不在现场，也看到过她自杀的遗体。"

"咦，那……"会是什么情况？

"那是原本相约殉情，事到临头害怕了，就单方面打消了念头吗？"

"那是落语[1]的情节。"敦子说，"虽然不无可能，但如果是那样，应该会留下某些痕迹。而且若真有其事，无孔不入的八卦杂志一定会嗅出不对劲。因为就算警方不透露，也难堵悠悠众口。那些人不会漏掉这种事。"

"漏掉那类痕迹吗？"

"光是打听到两个女人一起登山，记者就能信手掰出一整篇报道。像是其实上吊的绳索有两条、手上留有系过绳索的痕迹之类，在那些人看来，只要掌握到这点消息就足够了。明明实际上什么都没有，他们却总能写得活灵活现。"

是这样吗？

那可事关一条人命啊。

"我猜想，葛城小姐是去阻止天津小姐自杀的。"敦子说。

"劝她回心转意吗？"

"如果心上人对世界感到绝望，想要寻短见，你不会去阻止吗？"

"当然会全力阻止。"美由纪回答说，"即使不是喜欢的人，一样会阻止。就算是陌生人，我也会阻止。"

美由纪……不希望有人死在眼前。

---

1 落语，日本传统说话艺术，类似单口相声，内容有笑话、感人故事和怪谈等类别。

朋友，还有应该能成为朋友的人，相继死在美由纪面前。一个从屋顶坠落，一个脖子被扭断，还有一个眼睛被利器贯穿。不久前，又死了一个人。

实在是够了。

"我也是这么想。"敦子说，"如果知道对方打算寻短见，绝对会去说服对方打消念头。即使不知道，一定也会担心。然而，还是晚了一步……应该是这样吧。否则无法解释葛城小姐怎会在那种时间，待在那么近的地方。"

"去亲眼确认对方确实自杀了……这很难想象吧。"

"是啊，更难想象是偶然。不管怎样，可以认为葛城小姐是约莫和是枝小姐前后脚上山，从结果来看……是没赶上吧。"

"那么说，她为了去找人，或为了去阻止，结果却发现遗体？"

"这样的话……应该会先报警吧？"

"啊……"

"即使对方已无呼吸，也会先叫急救车吧。还是，她觉得为时已晚，干脆放弃，转身回家？"

"她……没有回家。"

虽然会惊慌失措，但她应该没有直接下山。

"葛城小姐下山了。"

"咦，是吗？"

"你忘记了吗？"敦子苦笑道，"相隔好些日子，她在迦叶山过世了啊。所以，她一定下山了。而且是枝小姐也……"

"对哦。呃，可是，这样不是很奇怪吗？那是怎样的行动？"

"我猜她不仅没赶上，也没有来到对方的身边。"敦子说。

"没有来到对方的身边……意思是，没能来到天津小姐的自杀现场吗？为什么？找不到人吗？"

"问题就在这里。"

"我觉得全部都是问题。"

"嗯，也是啦。如果葛城小姐和是枝小姐交换衣物……"

表示她在躲什么人，对吧？——敦子说。

"如果被拙劣的想象歪打正着，那就是说，她非乔装下山不可吧？是枝小姐身上似乎找不到必须这么做的理由……但葛城小姐……"

"嗯，感觉有什么隐情。"

"这么说或许有些不够谨慎，但情人就死在附近，她不免会蒙上嫌疑吧。因此，我也详细打听过葛城小姐的事。毕竟，真正不谨慎的人，想必早已热心地调查了一番。"

"是那个叫鸟口的人吗？"美由纪问，但敦子说"鸟口不是那种人"。

"为了鸟口先生的名誉，我得替他澄清，他和那些人只是同行而已，其实他本身是很正经的人。除了是路痴，老是误用成语典故以外，他为人正派，也富有正义感，顶多……就是多少有点爱耍嘴皮子。"

提到爱耍嘴皮子，美由纪只想到玫瑰十字侦探社的益田。

"不过，蛇有蛇道，他有许多那类同行。"

"专门报道丑闻的那类吗？"

"对。从天津小姐自杀到葛城小姐的遗体被发现，中间相隔了两个月之久。由于正值夏天，葛城小姐的遗体损伤严重，无法推定确切的死亡时间，对吧？刚发现时，检验的结果说，初步只能看出死亡超过一个月、未满三个月，范围相当大。"

"变成骨骸了吗？"美由纪问，敦子随即回答"短短两三个月，应该不会完全白骨化"。

"当然，也要看尸体所在地点的温度和湿度等条件。若那具遗体真是葛城小姐，可确定两个月前她还活着。是变成所谓的腐尸……"

我竟能满不在乎地谈论这种事——敦子露出奇怪的表情，忽然说道。

"总之，腐烂得很严重。原本以为不容易查出身份，但死者携带的皮包里装有存折和员工证，于是确定了身份——约莫是这样的经过。葛城小姐的父母已经在战争中去世了，她只有住在千叶县和山梨县的亲戚。警方先是请他们来认尸，但双方却似乎疏远已久，而且……"

"遗体都腐烂了吗？"

"是啊，应该难以看出原貌。因此，警方请她就职公司的上司——她在信用金库上班，警方便请直属上司确认，才发现她从两个月前就无故缺勤，联系不上……"

"然后就确定身份了吗？"

"嗯，死者虽然戴着筱村小姐的帽子，但筱村小姐本人活得好好的。"

"那么，是枝小姐呢？"

"是啊……筱村小姐当然作证说帽子是她送给是枝小姐的，并指出服装也属于是枝小姐，可是从结论来说，那具遗体**并非是**

枝小姐。"

"不是吗？"

"不是。体形似乎相近，不过是枝小姐就读女校的时候，右臂曾经骨折。那具遗体没有生前骨折的痕迹。而且，是枝小姐是短发，但死者头发挺长的。"

"发型总有办法……啊，对哦，不可能留长。"

"差异大到几乎不可能是在那段时间留长的。当地警方根据从筱村小姐那里问到的内容，也联系了是枝小姐的家人，请他们去认尸……"

"这样啊。"

"对，只是家人认为并非是枝小姐。所以，就算穿着是枝小姐的衣物、戴着筱村小姐送的帽子，在迦叶山找到的遗体……也不是是枝美智荣。"

"哎呀……"

应该说"太好了"吗？

毕竟死了两个人，这样的感想似乎不太对，但这表示是枝美智荣可能还活着。

"如果不是名字绣在帽子上的筱村美弥子，也不是衣物原本的主人是枝美智荣，就是存折和员工证上的持有者葛城幸了吧。况且，亲戚和上司都说应该就是她。体形差不多，发型也相似。"

"可是，遗体腐烂了吧？"

"的确腐烂了。"敦子说，"所以，只是靠排除法认定是葛城小姐。在这个意义上……我觉得有点可疑。唯一能确定的是，过世的并非是枝小姐。好，这样一来……"敦子说着转向美由纪，

"问题在于……为何葛城幸小姐要去高尾山，又为何必须和是枝小姐交换衣物偷偷下山？从遗体的状况来看，葛城小姐下山后并没换下那身衣物，而是直接动身前往群马县，在迦叶山跳崖自杀——这样推测比较自然，因为她穿的就是交换的衣物。"

会是这样吗？

可是——

"一般会穿着别人的衣服自杀吗？"

"或许她没办法回家。"

"啊，对哦。也就是说，这表示她真的遭人追捕吗？"

"虽然不知道是遭到追捕还是监视，但我认为，葛城小姐卷入某起事件中的可能还是有的。而且，这与天津小姐的自杀应该不无关系。或许葛城小姐根本不是自杀。"

"你的意思是说，她不是意外死亡，而是被人杀害吧？"

"调查之后，我更觉得自己像个看热闹的了。不过，就是如此。对于天津小姐自杀一事，我也有点怀疑。由于留下类似遗书的字条，家人又立刻领走遗体，所以上吊自杀的就是天津敏子小姐，这一点应该毋庸置疑，但她真的是自杀吗？"

"验尸查不出来吗？"

"有些情况查得出来，但查不出来的情况也很多。而且，很有可能根本没进行行政解剖。还有，葛城小姐在失踪前，好像把存款全部领出来了，她的存折里几乎没有余额。"

"也就是说，她是带着现金逃亡吗？"

"然而，死亡的葛城小姐身上并没有现金。好像连一块钱都没有，钱包是空的。"

"不是遇到强盗……也不是花光了吗?"

"还有一点,我怎么想都想不通。"

"还有吗?"

"不,其他部分也没能厘清,因为一切都只是推测。不过,这一点我是真的不懂。"

"是什么?"

"天津小姐和葛城小姐的关系,到底是**谁泄露出去**的?她们是一对爱侣的事,除了家人以外,应该没人知道。街坊邻居都不知情,公司上司也不知道……直到被低俗的八卦杂志揭露。"

敦子不禁蹙起眉头。

4

"太自大了……"

这次是谁？美由纪问，得到的答案却是完全出乎意料的"天狗"，美由纪差点没虚脱。

"天狗……是那个天狗吗？"

"我不知道还有其他的天狗。"美弥子回应道，"自鸣得意的人，我们会形容是'成了天狗'，对吧？那是形容自吹自擂的模样吗？此外，也会形容为'鼻子高高'，这一样是指天狗吧？喏，天狗的鼻子不是像这样长长的吗？"

就算美弥子说"像这样"，四周也已暗到什么都看不见。

"天狗是在炫耀什么呢？"

"不知道。"美弥子说，"我没见过天狗。可是……对了，听说是受到无理的压迫，陷入不幸的处境……像是在权力斗争中落败而被迫丢掉公职，或是蒙上不白之冤而流放远岛之类的情况。听说这些人对自身的遭遇满怀愤恨的结果，就会偏离律法或伦常，坠入魔道，最后变成天狗。"

虽然眼下坠入坑洞的是美由纪和美弥子。

"呃，可是，我觉得那不太像是变成天狗的状态啊。遇到那些情况，人会怎样？会变得自大吗？反倒会感到懊悔、沮丧吧。"

"一般会这么想，对吧？当初听到的时候，我也这么想，认为遭遇不合理的灾祸的人很可能会意志消沉，不过后来我改变了想法。"

"我不懂。"

如果是感到不满，还能理解。

然而，哪里都找不出任何会让人妄尊自大的因素。

"确实，那些真的是很惨的遭遇。如果是荒谬的缘由造成的不幸，内心会愤愤不平。可是，通常会像美由纪同学一样，先感到失意、沮丧。若是认为受到不当的待遇，应该会提出抗议……不过，还是会先自怨自艾、哀声叹气吧？"

"不，绝对会非常颓丧。然后……仔细一想，如果有什么不能接受的地方，或许多少会有点生气……应该也会埋怨几句吧。但这是说了就能解决的问题吗？"

"说了也不能怎样吧。流放、囚禁、剥夺身份地位之类的遭遇，不管说什么都没有用。"

"那么，生气也只是伤害自己。"美由纪说，"如果说出来就能解决，不管是抗议或越级申诉，一定会想尽办法发声。但如果根本无济于事，换成是我，就会思考如何在那样的条件下快乐度日，觉得这样还比较实际。"

"这肯定是对的吧。"美弥子说，"当然，错误应该改正。若是冤狱，无论如何都要洗刷冤情，这才是正确的态度。可是，如果不是这样的情况呢？"

"不是这样的情况……"

"譬如比赛落败，或是考试落榜。"

"那是自己的责任吧？只能怪自己了。"

"但就是没办法这么想。"

"那会怎么想？"

"嗯，像是认为比赛的裁判或改卷老师舞弊……"

"不不不，"美由纪连连摆手，"要是连这些都怀疑，就没有任何事物能相信。虽然我才活了没多少年，却深深体认到这个世界不怎么公平，所以或许也有这种情况……这是不好的，也是不对的……可是，即便真有人舞弊，也无可奈何啊。"

"纵使无可奈何，对自身不得志的愤懑情绪，不管怎样还是会满溢而出，恐怕再也顾不上思考其他事了吧。会想，我本来一定会赢、本来一定会考上，居然会输、居然落榜，太没道理了，背后一定有人捣鬼，这一定是阴谋……"

这样一来……又能如何？

"这种说法，只是在把责任归咎到自己以外的人身上。"美弥子说。

"嗯，会这么想的人，应该很有自信，或许也真的有实力，然而世上存在着运气这种因素。"美由纪说完，自觉这实在不是十五岁的女孩该说的话。

该说是达观还是看破红尘？美由纪尚未拥有那种心境。

"不，并不是要人放弃，但如果真的牵涉到舞弊或阴谋，或许应该揭发才对。可是，遭到流放或打入大牢的人有办法做到吗？有证据也就罢了，若只是胡乱猜测，根本无计可施。万一是误会，等于恨错对象。若纯粹是一种感觉，不管是生气还是怨恨，也不知道要气什么、要恨谁才好了，不是吗？"

"没错。"美弥子说，"不确定是谁贬低自己，这样的情况非常棘手。自认怀才不遇的感觉愈强烈，怨恨的对象愈容易扩大。到了最后，一定会变成怨恨全世界。为了抹除心中认为我怀才不遇、我运气不好、我特别倒霉的这种想法，为了相信自己并非怀才不遇、运气不好、特别倒霉……"

"那不是很无谓吗？"美由纪说，"倒不如说，不仅无谓，更让人觉得有点可怜。"

"没错。受害者意识无限膨胀，最终只能怨恨赐给自己这种命运的上天，从而怨恨全世界、诅咒全世界。"

"全世界……"

"这不就是天狗吗？"美弥子说。

"呃……"

"是与全世界为敌。"

"全世界……可是，全世界有多少人？连二对一都算是以众击寡了。况且，不会有人支持吧？"

"和人数无关。"美弥子说，"会敌视所有人——不，不仅仅是人，会仇视鸟兽虫鱼、山川草木、森罗万象，天与地，所有的一切，一定的。"

"这……不可能。"

"是啊，毕竟人类很渺小。一个人能做到的事，可想而知。不过，若是在内心和脑袋里又另当别论，光用想的，什么事都做得到。"

"也是啦。"

虽然要怎么想是各人的自由。

"不光是想，而是深信不疑。"美弥子说，"深信自己是受害者、自己是正确的。然后，深信自己很强大，绝不会输。最后就会变成……自己非常了不起。"

"非常了不起吗？"

"当然没什么了不起。可是，如果不相信自己非常了不起，就没办法维持这种扭曲的思想吧。毕竟是要与全世界为敌，是要孤军奋战，而且想赢得胜利。若要与世界较劲，首先需要具备与世界相当的质量吧？所以这样的人，会不断让自我膨胀……不是吗？"

"道理是懂，可是无法想象。"

和世界一样大的自己，到底是什么模样？只论身高，美由纪已经够可以了。

"是啊，"美弥子接下去说，"处在这种状态的人，完全不会自省，对吧？应该也不会考虑到别人。他们不会理睬别人的想法，也就是说，就算自己有错，他们也绝不承认……"

"感觉好讨厌。"美由纪说。

"对。可实际上就是有这样的人。简而言之，我认为，这种人不管身处何种境遇，应该都是不知道谦虚的状态。这不就是堕入魔道的人吗？"

魔道是哪种道，美由纪不清楚，想必不是什么好道。

"据说，堕入魔道的人，就叫天狗。"

"噢……"

原来是在说天狗的事——美由纪这才想起来。

"所以，变成天狗的人会不可一世，非常自大。真正有力量的人、值得称颂的人，绝不会盛气凌人。因为拥有相应的功绩、德行的人，不用摆出那种没品的臭架子，自然就会受到尊敬。不，那样的人根本不在乎周围人的评价。"

美由纪希望健健康康过日子，所以尽可能避开会遭受轻蔑、欺侮的环境，但并不因此就特别想受人称赞或吹捧。

即使是美由纪，有时也会忍不住辩解，只是辩解的意义，顶多是将凹陷的地方补平，而不是想堆高或粉饰。

真正杰出的人，不管有没有人在看，都是杰出的，应该没必要刻意向周围人夸耀自己的杰出。这样的人本来站得就高，即使多少凹陷了一些，也不需要辩解吧。

美弥子所说的"天狗"，因为各种旁人不清楚的缘由而凹陷得太厉害，光是补平还嫌不够，觉得凹陷多少就必须堆高多少，否则他们恐怕会血本无归吧。

那样的话，只是辩解确实不够。必须添油加醋、贴金贴银才行。

"是啊。"美弥子说，"人之所以摆架子逞威风，并不是想让自己看起来更强大，而是因为他其实根本不是这样的人吧。摆架子的人，是弱小的人。就是不肯承认自己窝囊可怜，才会摆架子。他们为了抬高自己，甚至会贬低身边的人。"

真是烂透了——美弥子说。

她沉默了一下，再度开口："哎呀，我得修正才行。"

"修、修正什么？"

"刚才提到，有两种人我无论如何都不能原谅，对吧？一种是成见太深的人。"

"你说那种人是人渣。"

"嗯，没错，但我说得太难听了。另一种人，就是用输赢为标准看待事物的人。"

"你说过类似的话，认为他们是人渣，是傻瓜。"

"呵呵，"美弥子笑了，"看来，得再增加一种人渣，就是摆架子的人。我也无法原谅摆架子的人。"

"之前你也提过，痛恨迎合他人的人。"美由纪说，美弥子不知为何开心地回应"啊，对耶"。

"那就是四种人，真伤脑筋。居然有四种人，不能原谅的人是不是太多？其实我想锁定一种……这样比较有条理，而且容易说明，对吧？可是……成见太深的人、用输赢为标准看待事物的人、摆架子的人、迎合他人的人……啊，任何一种都无法原谅。"

美由纪觉得其实没有什么好困扰的。

倒不如说——

"迎合对方，就像是卑躬屈膝吧？我认为这和摆架子差不多。"

"会吗？"

"一样是没自信，不是吗？"美由纪说，"所以，想通过这些行为，让自己看起来更好，只是方法不同，差别在选择高高在上，还是卑躬屈膝。"

"是啊……"

"然后，这种人多半都会用输赢为标准看待事物吧？"

"我想是的。他们应该是用上下关系来看待人与人之间的关系。"

"换句话说，他们认定这是理所当然的，对吧？"

"啊，没错。"美弥子发出开心的声音，"美由纪同学，你真是太棒了。只要不认定自己输了，就不会感到怀才不遇；不认定自己怀才不遇，便不会涌现遗憾的情绪。最后，不是谄媚他人，就是欺压他人，会变成这样的人呢。我不能原谅的人只有一种！"

就是"天狗"——美弥子说。

"我讨厌的是天狗，一定是的。"

"请等一下。"美由纪出声打断她，"美弥子小姐要表达的意思我明白了，也理解你的心情，但天狗有那么糟糕吗？比如蒙面的鞍马天狗，不是正义的剑士吗？"

"那是小说里的角色，不然就是电影里的。"美弥子说，"而且那只是自称罢了。确实，鞍马天狗对抗强权。他虽然是倒幕派，但对新政府也抱持批判的态度。"

"你好清楚。"美由纪说。美弥子解释说她看过电影。美由纪也看过电影，但似乎是不同的作品。

"武打片可放空脑袋观赏，所以我觉得很痛快。看过电影之后，我又读了原著小说，然而内容完全不一样。"

美由纪没读过小说。

"那该称为……原著吗？原著的情节更严谨，虽然读起来并不痛快，但我觉得读着很愉快。小说的设定是，主人公不加入体制，也不固执于反体制，都是经过深思熟虑才行动。"

"那根本不是天狗啊。"

"那是假名，只是一种自称而已。"

"如此杰出的主人公，为什么要自称为那么糟糕的东西？"

"我想，应该是表示对邪恶不公的事绝不留情吧？"

"那不是好的意思吗？像鬼或河童就不一样了。形容一个人是鬼或河童，等于在说人坏话。"

"是啊，可是……都是一样的东西吧。"美弥子说。的确，美由纪也觉得是一样的。

"仔细想想，鬼确实都被拿来当成不好的比喻，比如鬼教官、鬼媳妇。所谓像鬼一样的人，指的是没血没泪、冷酷无情、强大无比，能做到人做不到的事。至于河童，我就不清楚了。"

"河童很下流哦。"美由纪说，"虽然有许多特性，但平均起来，就是下流。"

"哦，那就是如此吧。可是，鬼有时也没有那么糟糕，像是纯粹用来形容一个人严格、强大、非比寻常，不是吗？河童也是……是啊，会拿来形容一个人熟谙水性。"

姑且不论鬼，美由纪觉得河童的正面意义顶多只有这一样。

"除了很会游泳的人以外，被形容为河童应该没人会开心。"美由纪说。

"天狗也一样吧？"

"会吗？鬼是可怕的人，河童是下流的人，但我觉得天狗不太一样。"

"天狗是傲慢的人。"美弥子说，"先不谈鞍马天狗，我认为'天狗'指的就是傲慢到令人作呕的人。傲慢到极致，就会变成诅咒世界的大魔王。那已不是人。"

"嗯……或许吧，可是，天狗也受人信仰吧？如果是那么坏的东西，怎么会有人崇拜？"

"咦，对耶。"

"所以，天狗应该**是颇像样的**东西吧？"美由纪说，"我不知道该算是神还是佛，可是有画着类似天狗图案的护身符吧？长着翅膀、拿着剑之类的，就像不动明王。那看起来很神圣，似乎挺灵验。喏，那边的寺院不也供奉着天狗吗？"应该是吧。

先前美由纪远远地看见过类似天狗的塑像。

"寺院里的确供奉着天狗。"美弥子说，"虽然不晓得是不是本尊，但那些图画或塑像，应该只是神佛借用天狗的形象显现吧？那样的话，只有外形是天狗而已，不是吗？宗教方面我极其无知……应该说毫无兴趣，所以并不清楚，不过，这不就是所谓的'权现'[1]吗？"

"是吗？"

可是，如果天狗那么坏，神佛不会特意挑天狗的形象显现吧？以坏东西的形象显现，人们还会愿意膜拜吗？

美由纪提出这个疑问，美弥子随口回应"因为看起来趾高气昂，草民忍不住膜拜吧"。

"可是……即使不是那种伟大的天狗，普通的天狗穿的衣服不也很华丽吗？就是……对，穿着像我们白天在附近看到的僧人那样的衣物。衣服上缀有毛球，头戴四四方方的小帽子，还踩着木屐。鬼和河童都没怎么穿衣服。"

美由纪所知的这类事物的样貌，大部分只存在于绘本等的图画上。这些事物应该不是实际存在的，所以她也认为，以这种方式呈现是理所当然的：鬼多半只围一条兜裆布，河童则是赤身裸体。倒不如说，直到不久前，在美由纪的认知里，她都以为河童是一种动物。

至于天狗……

"对了，不是还有叫作什么乌鸦天狗或鸢天狗的吗？那种鼻

---

1 权现，指菩萨为了解救众生，假借日本神明的形象现身的宗教思想。

子就不长了。"

"那不是天狗的家臣吗？"美弥子回了个更敷衍的答案，这样一来，美由纪都不知道该相信哪些才好了，虽然或许就像美弥子说的那样。

"是家臣吗？"

"因为那是鸟呀。"

"嗯，的确长得像鸟。"

"鞍马天狗的名字，原本是指来自鞍马山的天狗——教导牛若丸剑术的天狗。在我的记忆中，那个天狗也是鼻子最长、地位最高，有许多鸟当手下。我记得看过那样的图画。"

美由纪也有印象。构图是一个高高在上的天狗面前，有一群脸长得像乌鸦的人和穿着古代服装的孩童在挥舞棒子。

"那也是傲慢的表现吗？"

"不知道耶。可是，我认为教牛若丸剑术的是人类。世上并没有天狗吧？"

应该是没有。

"牛若丸就是源义经，是历史上的人物。那么，教他剑术的就是人。另一个传说是，教他剑术的是叫鬼什么的阴阳师。若是在深山里遇到栖居在山里的人，或是在山上修行的僧人，会吓一跳吧？其中应该有些是被误认为天狗了。"

是……这么简单的事吗？

真想请教敦子的哥哥，或是夏天认识的古怪研究家的意见。虽然就算听了，能否理解也很难说……关键是，就算深入了解了天狗，也不会怎么开心。

"绘本之类的故事书里的天狗，感觉没那么坏。"

"是吗？天狗会掳走小孩，或是制造怪声吧？"

"哦，可是就算把人抓走，不会像鬼一样吃掉，也不会杀掉，过一阵子就会送还回来，不是吗？还有，只闻笑声不见身影，或是制造树木倒下的声响，这些只是恶作剧吧？"

"掳人是犯罪。"美弥子说，"诱拐、绑架，从某种意义上来说，我认为是最恶劣的犯罪。即使没造成危害，也不能当成恶作剧就算了。不过和你聊着聊着，我想到一件事，听说以前真的发生过老鹰或鸶等大型禽鸟抓走孩童的情况，或许是这些事在后来被赖到了天狗的头上。看来……那些恶作剧，搞不好是手下的鸟天狗干的。"

"为什么要这么做？"

"为了泄恨吧？天狗内部应该是阶级社会，而且坐在顶端的，是个只会耍威风的蠢蛋。最上面的是鼻子高高、自鸣得意的家伙，底下的天狗被这种权力欲望化身般的家伙支配，想必积怨极深。那么，有时应该会想逗逗人类，发泄怨气吧。"

"听你这样说，天狗仿佛真的存在，但世上并没有天狗。"美由纪说。

"的确没有。可是在这些传说故事中，应该有些什么吧？"

"是什么？"

"比如作为根据的事实，以及这方面的东西。包括老鹰、鸶在内，还有如同我刚才说的，在山上修行的僧人或住在山里的人，他们也都是天狗的真面目之一吧？"

"噢……"或许吧。

那样的话——

"不管是天狗还是什么都好，能不能把我们从这个坑洞里捞上去呢？这座山有天狗栖息吧？那么，应该也有被误认为天狗的山民。不过，还是天狗比较好，因为天狗会飞，对吧？"美由纪说。

"毕竟天狗有翅膀。不用救我们也没关系，至少为我们点盏灯，四周根本一片漆黑……"伸手不见五指。

幸好气温不算太低。当然并不温暖，但感觉不至于冻死人。

"要不要试着呼救？"美由纪提议。

"我觉得天亮以前，呼救也没用。"

"没有……人呢。"

"就算有，也在寺院那边吧。两地相隔很远。倒是美由纪同学，你可别睡着哦。"

"咦，会、会冻死吗？"

"不至于冻死，但体温会下降，可能引起不适。如果受凉，也会感冒。或许我们应该靠近一点。"

"靠近……一点吗？"

美由纪不自觉地和美弥子保持着距离。

虽然这是指物理上，而非心理上，但身体的距离似乎呼应着精神的距离。至于是为什么，她自己也不清楚。

美由纪还在犹犹豫豫，手突然被一把抓住。

"哎呀，你的手好冰。"

被拉过去了。碰到肩膀了。

"这样就是常说的相依相偎吧。害你遇上这种事，我实在良心不安。几个小时以前，根本料不到会演变成这种状况……"

不过，这也有一番乐趣——美弥子说。

她丝毫没有危机感吗？不过，美由纪也不太有警觉心。如此一想，两人或许是最糟糕的组合。

"多少看得到夜空呢。"美弥子说。

听到这话，美由纪抬头仰望，但上方也一片漆黑。

"我什么都看不见。"

"是吗？我能看到星星。树木的缝隙间透出些许夜空，你那里看不见吗？"

"星星吗？"

美由纪转动了一下脸，撞到了美弥子的头。

"对、对不起！"美弥子愉快地笑道，"在深山坑底看着星星，撞到彼此的头，真是好玩。话说回来……"

"还有什么吗？"

"为什么天狗会叫天狗呢？"美弥子的语气十分认真。

声音近在耳畔。

"什么意思？"

"'天'……指的是天空吧。可是'狗'呢？怎么会是天空的狗？天狗有翅膀，会在天上飞，所以取'天'字还好……但为什么不是'鸟'，或是'长鼻子'之类，偏偏是'狗'？"

"鸟本来就会飞。说到'天'，给人的感觉比天空还高，给人飞在相当高的上空的印象。"

"可云雀，不也飞在相当高的上空……接近天界的地方吗？"

"不管怎样，叫'天鸟'还是很奇怪。"

"而且鸟没有长鼻子。"

"长鼻子的动物，只有大象吧。'天象'听起来更奇怪，首先根本无法想象。嗯，我想想……'猫'形象不合适，'狗'还说得过去。"

"说得过去……既然在山上，用'猿猴'不是更好吗？"

"猿猴是河童。"美由纪说，"我也不太清楚，但前阵子听到过这样的说明。对了，下次我会问问熟悉这些事的人。"

"麻烦你了。一旦发现问题，我就会一直记挂在心上。不过，这种感觉好奇妙，一片寂静，却并非无声……是平常在街市上没有的感觉。"

这么说来……时时刻刻都有些动静。

虽然没有特别的声音，不过应该存在着什么吧。因为这里是山上。

包括昆虫、走兽、飞鸟在内，即使看不见，仍有形形色色的生物散布各处。那些生物会活动。即使不动，也至少会呼吸。那些声音当然听不见，但一两只姑且不论，山上应该有千百种生物，会感觉到什么动静也是很自然的。

花草树木、藤蔓蕈菇、苔藓霉菌等，本身应该不会动，却并非静止不动。植物也会受到细微的震动或空气流动的影响，一旦摇晃，就会发出声响。不，只要活着，就会成长。虽然肉眼看不出来，但所有事物都在变化。

山是作为一个整体活着的。

或许也可以说，山就是一个巨大的生物。美由纪和美弥子等于待在这个生物的体内，感觉不到任何动静才奇怪。

这么一想，美由纪和美弥子形同寄生虫吗？

"对山来说，我们是异物。"美由纪说。

"不是吧？"

"不是吗？"

"嗯，对山来说，我们就像是一粒罂粟种子，不，就像一粒灰尘吧，不论是否存在，都没有影响。"

"但异物就是异物啊。"

"是吗？那么，只要把自己当成山的一部分就行了吧。山是共栖的地方。置身于山中，应该将自己视为山的构成要素之一。这样一想，这里就成了让人安心的地方。否则……"

没有比这里更可怕的地方了——美弥子说。

"这块地面——不，周围的空气，触碰到自己体表的一切，都可以说是**自己以外的事物**，对吧？当然，不管在哪里都一样，但在山下，自己以外的事物是各自独立的，并不怎么可怕。唯独在山中，不同于街市或村落，除了自己以外的一切，皆属于深不可测、大到无法想象的山，从一开始就无法招架。"

万一被山讨厌就完了——美弥子说。

"所以待在山上的时候，应该与山同化，绝不能忤逆。山不是应该征服或是从属的对象，而是应该同化的对象。"

"无关输赢。"美由纪说，得到"那当然了"的响应。

"想要对抗如此伟大的山的这一想法本身，就是自不量力。在山里，人和虫子没两样。不，即使不是在山里，无论在任何地方，人和虫子也都没多大区别。"

或许吧。

在海边长大的美由纪，深知大海的可怕。大海很可怕。尽管可怕，却又温柔。

山也一样吗？

"天狗会不会其实也是这样的存在？就像是山神，或是山本身？"

"这个嘛……"美弥子抬头望向美由纪，"或许就是这样。可是，如果这是天狗的原型，那么，误以为自己和天狗同等的人类，才是自以为是、傲慢到令人作呕的'天狗'。"

"因为等于是在与山较量吗？"

"区区人类，却妄想和山或世界较量，未免太可笑。得非常用力地虚张声势才行。"

"是什么呢……记得有类似的故事，青蛙和牛较劲，鼓足了气……"

"是《伊索寓言》。"美弥子答道，"自以为身形巨大的蛙妈妈爱慕虚荣，为了不被牛比下去，拼命胀大肚子，最后爆炸的故事。这是在告诫人不要去做与身份、能力不相称的事，但人实在很难记取教训。"

世上充满"天狗"，实在教人头痛——美弥子叹息。

"待在山里，是不是不应该一直说天狗的坏话？小心惹天狗生气。"

"我骂的是假天狗，不要紧。山一定也看不惯那些以天狗自居的男人。"美弥子说着叹了一口气，双手伸向后方，仰起身子。然而，背后是土墙。

"像这样待着，感觉真的会变成山的一部分。泥土出人意料地舒服。"

"呃……"

美由纪可不想就此回归尘土。

"小汪之前也在这座山上啊。"

"什么？"

有一瞬间，美由纪以为她在说狗，随即想起"小汪"是是枝美智荣的绰号。

"我开始觉得，她是真的被天狗抓走了。"

"你是认真的吗？"美由纪问，美弥子回答"有点"。

"可是，那身衣服要怎么解释？"美由纪质疑。

"葛城小姐的遗体被发现的地点，也是和天狗有渊源的山，对吧？"美弥子说。

"就算是这样，难道说，葛城小姐也被天狗抓走了吗？然后，天狗逼迫她和是枝小姐交换衣物？也是啦，那是天狗，不晓得会做出什么事。"

"或许是交换衣物以后，两人都被抓走了。这么一来，当然不会有人看到她们下山。天狗抓了她们，想必是从天上飞走了。毕竟是天狗嘛。"

"然后，只把葛城小姐一个人丢在迦叶山吗？"

"就算是胡思乱想，这情节也未免太残忍了。"美弥子说，"不可以这样乱想，因为已经有人过世……"

没错，有人死了。

虽然不清楚是意外还是自杀，但总归是有人失去了生命。

敦子似乎连谋杀都纳入了考虑范围。若是谋杀，当然是无法坐视不管的犯罪行为，那么，是枝美智荣也就可能被卷入这场可怕的犯罪。

既然如此，现下似乎不适合在山里讨论天狗。不，更重要的是，美由纪和美弥子也陷入了危机。

美由纪暂时并未失去体力。幸好美弥子带着饭团登山，美由纪也带了零嘴——米糖和醋鱿鱼。之前美弥子请她吃水果甜品，她想回个礼。要对抗高级，她认为只能搬出低级，但这也低级到家了。

虽然无法揣测美弥子究竟是怎么想的，但千金小姐似乎生平第一次见到平民零嘴，吃得很开心，直说是珍馐。虽然八成是客套话，而且她没说好吃。

不管怎样，在太阳完全落山以前，食物就全部吃光了，因此并未感到饥饿。肚子里有食物，真的太让人心情稳定了，美由纪心想。若是饥肠辘辘，或许会泄气得不得了。美由纪再次仰望天空，希望能看到星星。

感觉真的看到了。

在漆黑的喧闹中，有一片通透的黑暗。那就是夜空，并非彻底的黑。美由纪盯着疑似夜空的方向，身体倒向美弥子，看见了闪烁的星星。

一瞬间，一团说不出是恐惧还是不安、难以形容的小小沉淀物自心底涌现。美由纪不明白为何只是发现星星，就会涌现这样的情感。

她一阵不安，抓住指头碰到的东西，原来是美弥子的手。

"怎么了？"

美弥子直起身，那有点像猫的嗓音在她耳畔响起。

"呃……"

很快，美由纪发现不安的源头。

有声音。她感觉到空气起了骚动，有什么东西正在逐渐逼近。

那是……

洞穴的……边缘？冒出棱线般的东西。怎会看到那种东西？

人声？

"你有没有听到什么？"美由纪问。

"有，是天狗吗？"

"小——美——"

"什么？"

会叫美由纪"小美"的，只有阿姨。同学都叫她"吴同学"或"美由纪同学"，父母则直接叫她"美由纪"。敦子和益田也是亲昵地叫她"美由纪"。问题不在这里。

"谁？"

"小美！"

对方的嗓音沙哑混浊，不可能是阿姨。

"哎呀。"

美弥子移动了。

"是小金。"

"咦？"

"是小金吧？小金！"

"是你提过的……"

洞穴的边缘变得清晰可见。有光。

光的后面冒出一团像熊的物体。

"熊吗？"

"不是熊，是小金，我的朋友。我在这里！"

"哎呀，我的天！找到了，人在这里！掉进洞里啦！"接着，一阵忙乱的声响靠近。

是人的脚步声吧。手电筒的光束和光圈，接连照出原本看不出是什么的东西。

"美由纪！"

"咦？"

好像……是敦子。

而后，传来一道惊慌的声音："小姐！小姐！您没事吗？"

"哎呀，宫田，连你也来了？"

"小姐！"那声音再次呼喊。大概是那辆高级轿车的司机吧。所以，美弥子果然是千金小姐。

"哎，小美实在太野了，不要害人担心嘛。真是的，快被你吓死了。"那么，这团像熊的剪影，就是那个叫小金的**人妖**吧。

听声音显然是个大叔，语气却是十足的女孩。美弥子说过他的内在是女性……

"美由纪，你没事吧？"敦子问。

"我没事，只是出不去而已。美弥子小姐脚扭伤了……"

"只是扭伤而已。"美弥子说。

"咦，扭伤脚了吗？我下去救你们出来。"

"不行，小金。你这么重，万一掉下来，恐怕就上不去了，只会跟我一样扭伤脚。这里很深。"

"嗯，人家可不想把脚扭伤。"小金说道，"虽然我可以扛得动小美……"

"力气大不大，在这个节骨眼上没有关系。"

啊，"小美"指的是美弥子吗？美由纪恍然大悟。两人的名字里都有个"美"字。

"这里有绳子……"一道软弱的话声传来。

"为防万一，我带绳子过来了。任何时候都能未雨绸缪，是胆小鬼唯一的长处。啊，这个坑洞……是从半当中往下深挖的呢。这根本是陷阱吧？居然在这种地方乱挖洞，实在居心叵测。美由纪，你还活着吗？"

是益田。

"啊，只有绳子也没用。就算放下绳子，我也拉不起来。需要梯子之类的吗？"

"这孩子在说什么傻话。在这深山中上哪儿找梯子去？喏，快去找棵树把绳子绑起来，我下坑洞里去救人。好好绑紧，你这人一看就不可靠。动作快！长度够吗？"

"这是绳子，当然够长，而且应该很坚韧。"

"没问题是吧？哎，那位小美的朋友，你有没有受伤？"

"我很好！"美由纪回答，"所以，我应该——不，绝对能抓着绳子爬上去。可是，美弥子小姐……她大概会说自己不要紧，但我觉得恐怕不太行。"

"你很了解她嘛。"小金说，"小美，听好了，你动不动就爱逞强，这样是不行的。应该依靠别人的时候，就得依靠。人这种生物啊，有别人能依靠的时候就要珍惜，对吧？"

"别管那么多了，快点把我们救出去吧！"美弥子说。

如此这般，美由纪和美弥子从高尾山中的陷阱里被救了出来。

听说是敦子最先发觉不对劲的。敦子掌握到几个耐人寻味的事证，想告诉美由纪，先前往儿童屋，接着到学校找她，从舍监那里得知美由纪向舍监报备过，说要和朋友去高尾山健行，当天往返，晚饭后就会回来。

敦子似乎马上想到这个朋友应该是美弥子。敦子说，在这一阶段，她立刻心生不祥的预感。约莫是太担心了，等到美由纪差不多该回来的时间，敦子又去学校找她。

当时，宿舍正因美由纪迟迟未归而引发了一场小骚动。于是，敦子联系筱村家，得知美弥子也说要去高尾山，出门后尚未返家。

敦子便和美弥子的专属司机宫田一起，首先找了美弥子可能会去的餐厅。因为两人有可能下山后正在用餐。

接着，去了小金上班的店。两人是在那里和小金会合的。

益田应该是敦子联系的。仔细想想，同时认识美由纪和美弥子的人，除了榎木津以外，只有益田。如此这般，四人搜索队来到深夜的高尾山。

美由纪回到宿舍后，被舍监狠狠地训斥了一顿。

虽然遭遇意外事故，但她确实干了一桩理应挨骂的愚事，所以她甘愿承受。

过程中要是走错一步，她可能会受重伤，若是运气不好，或许小命不保。被这么教训，确实一点都不冤枉。能够平安归来，而且只是挨骂了事，她实在应该庆幸。

尽管美由纪已充分反省，在听训话的时候却肯定是心不在焉的。至于她挂念着什么，那当然是亟欲得知敦子掌握到的新事证。

她好奇得要命。

在这之前，敦子从未到学校找过美由纪。

应该说，过去从未遇到需要紧急联络的状况，没去学校找她是当然的。然而，唯独这次，敦子找到学校来，美由纪也因此得救。

美由纪判断，这表明敦子肯定掌握了相当重要的线索。

那么，应该要立刻告诉她才对，但获救以后，美由纪没能成为首先发问的一方，而是成为被问的一方。她坐上宫田开的车，解释了一大串，抵达宿舍的时候，已将近凌晨四点。后来，敦子又像个监护人似的替美由纪向校方仔细说明情况，根本无暇谈及此事。

美由纪好奇极了，根本无法入睡。更关键的是，她感到莫名亢奋。

头挨过去时，掠过脸和脖子的轻柔发丝，吹拂耳畔的气息，不小心碰到的美弥子的手指头。

这些身体感觉的记忆不停复苏。

所以，隔天课上，美由纪根本听不进去——虽然美由纪平常在学习方面就没那么专注且勤勉——倒不如说，整整一星期，美由纪几乎神思不属，和同学之间也没有进行过像样的对话，主要都窝在图书馆调查天狗的资料。

虽然完全查不出什么名堂。

唯一知晓的，就只有"天狗"这个词在古代似乎是读作

"amatsukitsune"[1]。

原来不是狗，而是狐狸吗？

就算是"天狐"，一样不明白是什么。狐狸不会飞吧？既不像鸟，鼻子也不长。

因为狐狸是山里的动物吗？确实如此，但山里不只有狐狸。美由纪倒觉得，不管是猿猴、熊，还是野猪都行。

为什么是狐狸？她怎么也想不通。

好像也有汉字写作"天狐"，读作"tenko"，书上说这是非常了不得的狐狸。狐狸活上一千年，就会变成天狐。能活这么久，确实也能变得了不起。

这些她还能理解，但书上又说在密教的咒法中，天狐以老鹰的形象呈现。老鹰就是鸟，一点狐狸的特征也没有。这种鸟形的天狐，和以野干——美由纪不知道野干是什么动物——的形象呈现的地狐，加上以人形呈现的人狐，合起来用于名为"三类形"的修法。

看到这里，美由纪已头昏眼花，搞不清和天狗有没有关系。真想请敦子的哥哥说明。

简直是一头雾水。

就这样研究了一天又一天……

星期六到了。

美由纪实在连一刻都等不下去。

上午的课一结束，美由纪便迫不及待地直冲儿童屋。

1　此读音的汉字可写为"天狐"。

她觉得敦子一定已在店里。

一星期前，敦子特地去学校通知她，所以不可能搁着不管。

美由纪小跑着穿过大马路，在熟悉的景色中看见陌生的东西。

——不。

并不陌生。

倒不如说最近经常看到。是汽车。

一辆黑色高级轿车停在路肩。

——那是……

错不了。

驾驶座上……坐着宫田。

美由纪无法理解是怎么回事，就这样直接经过车子旁边。

走过了她才想到，似乎应该为前些日子的事道谢，无奈脑袋一片混乱。正当她转念想要至少打声招呼时，已走进通往零食小卖部的狭窄巷弄。孩子们越过美由纪往前跑去。

泛黑的木板墙。熏黑的沟板。

被切割得细细长长、肮脏而没有出路、顺带连时间也停止的乐园。没品位的原色广告牌和贴纸，拙劣的漫画图案，大瓶子加小瓶子。

几乎堵住巷弄的长板凳和木桌。

美由纪平常坐的位置，现在坐着敦子。而敦子的座位，坐着千金小姐。

"啊？"

美由纪忍不住怪叫。两人同时转向美由纪，笑了。

"哎呀，真的来了，就像中禅寺小姐说的。"

"美、美弥子小姐，你怎会在这种地方？太奇怪了，一点都不适合，好突兀。重、重点是……"

"是我告诉她的。"敦子说，"不行吗？"

"不是不行，只是很奇怪，怪极了。这种景象，是不是叫'鹤立鸡群'？"

"这么说对儿童屋太失礼了。"

这个地方真的好棒——美弥子说。

"就是被我们这样的大人占据，对小朋友有点过意不去。"

"没关系、没关系。"店里的老婆婆说，"这里的小鬼头不会乖乖坐着吃东西，喜欢到处弄得脏兮兮。你们买那么多糖果，就算给你们包下啦！"

仔细一看，桌上摆满零食。

"不小心买多了一点。美由纪同学，你也来吃吧。"

"什么买多了一点……"

几乎堆成山了。不过，反正很便宜。

美由纪犹豫片刻后，在敦子旁边坐下。

"这位竟是果心居士大师的妹妹，世界真小。"

美弥子笑道。果心居士到底是谁？是敦子哥哥的别名吗？

"我从中禅寺小姐这里听到许多信息，对事情有了非常清楚的了解。"

"咦，讲完了吗？"

"我们正在等你。"敦子回答，"刚才只是在复习迄今为止发生的事。虽然你应该告诉过美弥子小姐了，但我也想整理一下思路。"

"噢，比起我颠三倒四的说明，敦子小姐的说明更明了易懂……"

"不是的。"美弥子解释，"我的意思是，之前你告诉过我的事，我有了更清楚的理解。中禅寺小姐的逻辑非常清晰。"

"噢……"

美由纪觉得是同一回事。

"对了，上次真对不起，害你遇到那么可怕的状况。"

"一点都不可怕啊。老实说，我觉得蛮好玩的。"只是因为怕挨骂，装了一下乖。

"可是，美由纪同学是不是挨了一顿骂？我也挨骂了。父亲就罢了，连宫田都训了我。"

"呃……"

这也是没办法的事吧。这不重要。

"敦子小姐，你查到了什么？你知道什么了，对吧？难道都解决了？所以，你才会找美弥子小姐过来。"

美由纪连珠炮似的问，敦子苦笑：

"解决？怎么可能？今天我请筱村小姐过来，是有事想请教她。这样比通过你居中联络更省事吧？"

"也是啦，我……"

总是一片混乱，毫无头绪。

"不要吊人胃口嘛。"

"不是吊你胃口。嗯，与其说是解决，应该说情况变得更复杂了……"

其实，是找到了奇怪的东西——敦子说。

"奇怪的东西？"

"对。搜索是枝小姐的行动，进行了相当久的一段时间……"

"找了将近半个月。"美弥子补充道。

"在搜索行动的第五天，发现让人有些在意的东西。啊，这是贺川先生告诉我的。"

"那位小朋友刑警吗？"美由纪问，美弥子顿时睁大双眼说：

"咦，好罕见，有小朋友在当警察吗？"

"不是的，只是个子矮，眼睛很大而已。他是有着一张老脸的普通刑警。"

"就说你这样很失礼了。"敦子出声，"听说在山脚……也不算山脚吗？在高尾山山口和缆车乘车处的附近，找到卷成一团的衣物。"

"衣物？"

"对。那叫什么呢？是巡礼者[1]穿的那种衣服。是叫白衣吗？除了白衣之外，还有手背套、绑腿、分趾袜、山谷袋[2]和草鞋，是一整套。"

美由纪不懂这些代表着什么。

"那是……"

"嗯。"

"是男人的衣物吗？"美弥子问，敦子否认。

---

1 依一定路线参拜佛寺等灵场的巡礼者，多半指参拜四国八十八所灵场的人。有特定穿扮，可一眼看出。

2 山谷袋，一种斜背包，也称"头陀袋"，款式有些类似老式书包，一般为白色。

"听说是女人的衣物。接下来，在稍远处找到金刚杖，又在其他地方找到斗笠。毫无疑问是一整套，对吧？"

"金刚杖是什么厉害的拐杖吗？"

"讨厌，就是木拐杖啦。美由纪同学没见过吗？喏，就是巡回灵场的六十六部[1]和巡礼者会拄的那种拐杖。"

美由纪好像知道，又好像不知道。不过她能模糊地回想起那种和风白衣装扮的人的形象。

"中禅寺小姐，这到底有什么意义？"美弥子问。

"就是啊，感觉和这次的事没有关联。"美由纪附和。

"是啊，不过……"敦子以食指抵住额头，"有一个人消失，又有另一个人穿着失踪者的衣物。确切地说，是穿着失踪者的衣物过世。这么一想……衣服少了一套啊。"

"少了一套吗？"

"对。葛城小姐穿走了是枝小姐的衣服，所以，是枝小姐应该穿着葛城小姐的衣服，对吧？如果这样想，衣服确实是够的，但或许不对。"

"意思是，有别种可能性吗？"美弥子问。

"咦，如果不是交换衣物……我想不到其他的情况。而且，数目也吻合吧？"美由纪应道。

"我也不觉得有少。"美弥子附和。

"是啊，不过……"敦子说，"换个角度想呢？只找到了是枝

1　六十六部，抄写六十六份《法华经》，并巡回六十六处灵场，将每一份经文供奉至各寺院的巡礼者。

小姐的衣物和葛城小姐的遗体，却没有找到是枝小姐本人和葛城小姐的衣物。然后，在疑似两人失踪的地点附近，找到一整套衣物……这怎能不教人在意？"

"与其说在意……敦子小姐，那叫什么白衣的，是葛城小姐的衣物吗？这样的话，是枝小姐就变成赤身裸体，岂不是太惹眼了吗？根本无法移动，要不然……"

就是死了吗？

"不是的，葛城小姐没有那种巡礼者的服装。贺川先生说，辖区的警署针对这一点多方确认过。虽然她可能买了一整套新衣，但找到的衣物并非全新，斗笠和金刚杖等装备也都是旧的……尽管不能否认别人送她全套二手装备的可能性，但葛城小姐似乎对宗教信仰没什么兴趣，甚至不是佛教徒。"

"她是基督徒吗？"

"由于双亲是天主教徒，所以她小时候似乎曾经受洗，但她本身没有信仰。自从父母在战争中去世，她便没再上教会。"

"感觉她不可能会去巡礼。当然，她有可能改信佛教，但通常只有原本信仰就很虔诚的人，才会特地改变信仰。没什么信仰的人，往往会顺其自然。"美弥子说。

"我也这么认为。"敦子表示赞同。

"那不就没有关系了吗？"美由纪问，美弥子说她这样未免太过轻率了。

"可是，既然不是葛城小姐的衣物，应该就没关系吧？"

"不完全是这样。之前我们推测葛城小姐和是枝小姐互相交换衣物，但仔细想想，这只不过是其中一种选项吧？"

"这个推测不是相当可信吗？"

"不是的，美由纪。选项是无限的，我们仅仅是从中挑出最简单的一个而已，不能说是可信。只能说这样假设比较自然，或是可能性很高，并无任何确证。我们只是……相信应该是这样。"

只是相信吗？

"当然，我现在依旧认为那是最有可能的状况，但能说其他的选项都被否定了吗？并没有。不管再怎么离奇、难以想象，只要有一点可能性，选项就存在。所以……我忽然想到，或许**不是那样**。"

"换句话说，还有一个人吗？"美弥子问。

"咦，有三个人交换衣物吗？"

说完，美由纪脑中浮现三个人围成一圈换衣服的滑稽场景。

"嗯，不无可能，但等于是三个人同时换衣服，有点招摇。由于容易引起注意，必须格外谨慎挑选地点。不过，我想到的不是三个人同时换，我想，是枝小姐也有可能和别人交换衣物。"

"那么，是枝小姐的衣服呢？"

"只要下山，总有办法处理。"

"或许吧，可是……"

"简而言之，重要的是，是枝小姐以看不出是她的模样下山了，对吧？没人看见她下山，这是一个谜团，而葛城小姐穿着是枝小姐的衣服，是另一个谜团，这是两个不同的谜团，就算两边的解决方式互不相关，也无所谓吧？"

"也是啦。"

"只是，如果确定是枝小姐和葛城小姐互相交换衣物，便能一口气解开两个谜团，我们才会倾向于采用这个解释。我就是想到这一点。"

"就是这么回事吧：小汪——美智荣小姐在山上和某人交换衣物后下山，和她交换衣物的某人又把她的衣物借给葛城小姐，也有这种可能。"

"是啊。这样一想，是枝小姐和天津小姐、葛城小姐她们的连续自杀事件就没有直接的关联，即便有，关联也非常小……那么，她可能是被卷入别的麻烦。"

还有一点——敦子竖起食指说。

"其实，也可能并未交换衣物。"

"没有交换……？"

"找到的巡礼服装，或许能直接套在原本的衣服上。长裤恐怕会有点紧，但披上白衣，脖子挂上山谷袋，戴上斗笠，手持金刚杖……看起来就像个巡礼者吧？"

"是啊。"美弥子应道。

"这样一来，在山上受人所托，乔装成巡礼者的可能性，也必须列入考虑。"

"呃……乔装成巡礼者有什么意义？"美由纪问，"是什么余兴表演吗？我有点想象不出巡礼者的装扮，不过穿戴成那样又能怎样？"

"不能怎样，不过，可以想象有个人在普通衣物外面套上巡礼服装，佯装成巡礼者，偷偷上山，然后请求是枝小姐穿上自己的巡礼服装，假扮成自己下山。"

"嗯……是可以想象，但这样一来，那个人就是假扮巡礼者上山，然后请求是枝小姐乔装成巡礼者，而自己恢复成一般的穿着下山，对吧？一般会做这种事吗？"

"在这种情况下，那个人仍有可能是葛城小姐。如果是为了乔装，那身服装就和信仰无关，那么改扮成巡礼者或许再合适不过。"

"呃，我还是不太明白。"

"是吗？当然，这也只是想象，是众多可能性当中的一个。但我认为，葛城小姐可能受到监视。因为天津小姐的家人应该非常担忧两人会私奔或殉情。比起女儿的安全，他们更重视家族的声誉。"

"这一点我懂，可是，那会造成什么结果？"

"发现天津小姐在凌晨偷偷离家，我想，比起报警，天津家的人会先去葛城小姐住的公寓找人。"

"是啊，感觉很像是冥顽不灵的老不死武士会做的事。"美弥子说。

"如果葛城小姐知道天津小姐离家……她想必知道。倘使天津小姐的家人，八成是父亲，在奇怪的时间突然上门，葛城小姐理应会察觉出了什么事，也可能是天津小姐的父亲对她说了什么。那样一来，她当然会担心。因为天津小姐留下暗示自杀的字条。"

"即使天津小姐的父亲什么都没说，葛城小姐也会察觉不对劲吧。毕竟这举动太不寻常。"

"对，葛城小姐应该会察觉不对劲，如果她知道天津小姐的行动，恐怕会更担心。可是，即使她想采取行动……"

"也受到监视？"

"这一点不清楚，但天津小姐的家人，应该希望避免她和葛城小姐的关系曝光。万一女儿真有什么三长两短，也要隐瞒女儿是同性恋者的事实……天津家的人似乎抱持这种想法。既然如此，我觉得他们会监视葛城小姐的行动。"

"太荒谬了。"美弥子说，"女儿的性命和家族名声，哪边比较重要？比起人命，更看重体面、脸面，世上哪有这种道理？况且，这根本不可耻。"

"我同意。"敦子应道，"但天津家的人不这么想。"

"真是时代错乱。"

"的确，错乱得离谱。我认为整个国家都有时代错乱的问题，但天津家更是严重。所以在找到天津小姐以前，他们想必会竭力避免两人碰面。"

"这样啊……要是受到监视，想离开也出不了门，明明情人可能危在旦夕。"美由纪说。

"想象葛城小姐的心情，实在教人难受。"美弥子说。

美由纪觉得这些情感不太适合对着零食山抒发。这些话，在各种意义上，和眼前的情景都格格不入。

"请别忘了，这纯粹是想象。"敦子再次强调，"假设真的是这种状况，在溜出住处时，乔装很管用吧？"

"啊，原来如此。所以才会扮成巡礼者吗？"

"先不谈葛城小姐怎么弄到这套衣物，天津家的人一定料不到葛城小姐会扮成巡礼者出门吧。葛城小姐住的是集体公寓，即使要监视她，也不可能堵在她的房门前，而是得在楼外守着。再说，其他居民会进进出出。"

"况且，还有斗笠遮脸。"

"对。假设有人盯着，要瞒过对方的眼睛，扮成巡礼者应该是个好方法。如果成功溜出去……"

"她应该会去制止天津小姐吧。"

"对。与其说是去制止，或许其实是想共赴黄泉……不管怎样，葛城小姐想必是去找天津小姐。然后，虽然不晓得她听到什么、得知什么，或只是猜测，总之她前往高尾山……"

"但慢了一步吗？"美弥子问。

"对。如果赶上，就不会是现下这种状况。约莫会是葛城小姐阻止天津小姐自杀，或一起殉情。"

"没有这样的可能性吗？"美弥子又问。

"你是指……？"

"她们会不会其实一起殉情了？然后，有人为了掩盖这个事实，在警方发现之前，早一步运走葛城小姐的遗体……有没有这样的可能性呢？"

面对美弥子的提问，敦子回答：

"从时间上来看，是有可能的，但也只是可能而已。天津家的人是十五日下午报案的，这样的话，必须在上午就将葛城小姐留下的痕迹清除干净。"

"可是，遗体是隔天中午过后才被发现的吧？"

"不过，没办法预知遗体会在何时被发现。更重要的是，不清楚她们要在何时动手——不，殉情。所以，如果说有人在事后处理，表示处理者早就知道天津小姐要在高尾山自杀……如果是事后知道的，就是有人识破葛城小姐的乔装，尾随她上山。不过这种情况，等于是那个人默默旁观两人殉情，最后只将葛城小姐的遗体运下山。"

"也就是眼睁睁看着亲生女儿自杀吗？"

美由纪这样一说，敦子反驳道："那个人不一定是天津小姐的父亲。"

"或许吧，可是……"

"为了家族名声，我觉得那个父亲有可能这么做。不过，我对天津家的男人已有偏见，眼睛多少有些被蒙蔽了。"美弥子说。

"对，假设是这种情形，比起完全无关的第三者，推测是天津家的人更顺理成章，因为只要布置妥当再报案就行。但这么一来，一样会遇上必须扛着遗体下山这项惹眼又困难的工作，而且……"

"也没有小汪介入的余地了……对吗？"

"是的。比如是枝小姐偶然目击那个人布置现场——或许可以想象这种情况，那么对方应该会设法堵住她的嘴巴，对吧？"

"堵住嘴巴……"

"只是伤害她，没办法封住她的嘴。必须抓走她，或是……"

"杀人灭口吗？"美弥子问。

"嗯……确实会是这样。不过，我觉得这么做风险太大。"

"也对。"美弥子应道。

确实，在这个阶段，犯人只是想移动两具自杀遗体中的一具而已。美由纪不知道这种行径触犯哪一条法律，就算被问罪，也至少应该比杀人罪轻多了。

"不管发生了什么，事实都是没在山中找到是枝小姐。换句话说，不论生死，她都已下山。凶手是将葛城小姐的遗体和绑架的是枝小姐，都弄下山了吗？如果杀害是枝小姐，会变成搬运两具遗体。"

"光运一具遗体就够折腾了，而且十分引人注目，对吧？"

"对，而且不论是生是死，我都想不到必须将葛城小姐的衣物和是枝小姐的衣物交换的理由。因此，殉情之后，有人进行处理的可能性……令人存疑。"

"推测两人没殉情比较妥当吗？"美弥子问。

"对。当然，葛城小姐很可能追随是枝小姐殉情，但推测她和天津小姐一起上路，我觉得太勉强。所以或许可以认为，葛城小姐那天去了高尾山，当时天津小姐却已经过世。虽然不清楚现场发生了什么事……倒不如说，和一开始一样，这些全部都只是想象。"

"她去现场的时候，警方找到天津小姐的遗体了吗？"

"这样时间对不上。天津小姐的遗体，似乎是警方接到是枝小姐的家人报案后不久发现的。"

"对哦，是在隔天。"

"所以，不知道那天到底出了什么事。乔装被识破的情形也是。比如葛城小姐上山以后，发现自己被跟踪，或许会利用是枝小姐当掩护。只要请她穿上自己的衣物下山，然后在路上丢掉衣物……"

"可是敦子小姐，这样一来，就变成葛城小姐留在山上了。假设这是为了甩开追兵，寻找天津小姐，但要是她没找到呢？假设她来不及劝阻天津小姐，她一定也不会立刻下山。而且，如果是这种情形，是枝小姐应该会直接回家吧？这样就没有交换衣服的机会了。她们根本没交换衣服吧？"

"没错。"敦子说，"只是，由于不知道出了什么事，所以一切都无法轻易断言。如此复杂的状况，我们可以想象出无数可能性。然而，关于实际上发生的事情，哪怕只是其中一件，我们所掌握的信息都不足以断定。我想说的是，光是交换衣物这样一个简单的假设，无法说明一切，不过是一种可能性而已。"

"噢……"

"当然，愈简单愈有说服力，而且大部分的事情都是很简单的。只是，总会发生料想不到的状况。有时为了应付突发性的意外，也会出现复杂的处理过程；有时琐碎的小事也会左右大局。仅仅是加上'被丢弃的巡礼者服装'这一个要素，选项便会大增。"

"是啊。可是，有必要强行把巡礼者服装跟这件事扯上关系吗？"

"不是强行。只是考虑到假如两者有关，情况就会截然不同。因为太复杂了，我直接说结论，那套服装好像并不是葛城小姐的。"

"看吧！不要故意捣乱嘛。"美由纪说；美弥子却不动声色，问道："中禅寺小姐，还有下文，对吧？"

"对。"

"下文？"

"那套服装，是秋叶登代小姐的。"

"这又是谁？"美由纪问。

"就是巡礼者服装的主人。"

"她是无关的人吧？"

"要是无关就好了……据说秋叶小姐的兴趣是巡回灵场，去参拜过坂东三十三观音、秩父三十四观音，每个周末也都会去参拜关东近郊的古寺名刹。这样描述，感觉是一位上了年纪的人，但其实秋叶小姐比我还年轻，才二十二岁。"

"巡回灵场算是一种兴趣吗？"美由纪问。她觉得当成兴趣怪怪的。

敦子苦笑："是啊，不过是她向身边的人这么说的。她不分宗派，四处参拜，或许不是出于信仰，而是对寺院的历史、建筑物本身，或是氛围之类感兴趣吧。她似乎是为了表示敬意而参拜，但应该谈不上信仰。所以，与其说是巡回灵场，更确切地说，是巡回寺院。"

"她是哪里人？"美弥子问。

"听说住在柴又，是小学老师。孩子们都很喜欢她，风评非常好，美中不足的是，比起一日三餐，她更喜欢参拜寺院。"

"啊，真令人欣赏。可是，怎么知道是她的衣物？上面有写名字吗？"

"事实就是这样。不是有朱印帐吗？向寺院布施的时候，会领到朱印，她的名字就写在朱印帐里……通常只会写上寺院的名称和日期，还有梵文之类的，然后盖上朱印，但不知为何，有一页写了她的名字。打听之后，发现……"

"咦，难道……"

"秋叶小姐大约两个月以前就下落不明。"敦子继续道。

"下落不明啊……"美由纪说。

"秋叶小姐是一个人住，由于她不是会无故缺勤的人，同事很担心，去她的公寓查看，发现她不在家。她提过周末又要去寺院，但不知道是哪一所……过了一星期左右，同事决定报案。"

"她是什么时候失踪的？"

"应该是……八月十五日，和是枝小姐同一天。报案前就找到了衣物，说明秋叶小姐是去参拜高尾山药王院。对于这件事，两位有什么想法？"

"想法……"

"同一天，有另一人失踪，而且是在同一座山，两名年纪相仿的女子凭空消失，两者会毫无关联吗？"

"呃，这个嘛……"很难说无关吧。

"这样一来，变成秋叶小姐是赤身裸体地消失。她并未乔装，听说巡回寺院的时候，她总是那身白衣装扮。这种情况，等于是她在下山途中脱掉外衣，把金刚杖和斗笠也扔了，只穿着内衣裤，不知道去了哪里。"

"真是离奇。"美弥子说，"看似小事，但实在蹊跷。中禅寺小姐也认为……不可能有这么荒唐的情况，对吧？"

"对。没人会这么做，否则会被送交警方。"

"就是啊。可是……中禅寺小姐，就像你刚才说的，只是加上'丢掉的衣物'这个极琐碎的因子，单是想要重新整理案情，事态就变得复杂许多。要是再加上新的失踪者……"

"没错，但无法忽略这件事吧？是枝小姐失踪、秋叶小姐失踪、天津小姐自杀……三件事只是曝光的时间不同，其实全发生在八月十五日，并且都是在高尾山。唯独发现葛城小姐的地点和时间不同，不过她很可能在同一天去高尾山，而且从遗体的状况推算，可以认为，她几乎是在同一时间过世的。这样一来，当成巧合反而才是所谓的方便主义……我是这么认为。"

"那么……还是只能推测，交换衣物这个行为，实际上复杂许多吗？"美弥子说，"即使真的交换了衣物，在这种情况下，或许并不是单纯的交换而已，对吗？"

"对。衣物多出一套，然后不论生死，身体少了两具。然而，过世的人身上穿着失踪者的衣物，非常扑朔迷离。除此之外……还有两位掉落的陷阱。"

"那个坑洞……也有关系吗？"

"我认为有关。"

那个坑洞怎会和这件事牵扯在一起？

"后来，当地警方调查了那个坑洞。听说在第一次搜索行动——搜索天津小姐时，那个坑洞就**已经有了**。"

"嗯，或许吧。"

"可是，几乎是紧接着进行的搜索是枝小姐的行动中，却直接忽略那里。"

"为、为什么？"

那个坑洞明明那么大，又十分危险。

"因为那里被封锁了。"

"什么？"

"据说，天津敏子小姐是在那个坑洞旁边的大树——把两位拉上来时，用来绑绳索的那棵树——上上吊的。"

"哇！"

真的紧邻坑洞。

"不过，只当成命案现场封锁一两天而已，因为后来断定是自杀。"

"可是，警方竟没搜索那个坑洞？"

"毕竟这是在找失踪者啊，美由纪。去一直有警察驻守的地方找，是浪费力气吧。"

对哦，又不是在找坑洞。

"然后……由于发生这次的事，我通过贺川先生联系辖区的警署，请他们进行检验。那里原本就是凹陷的危险地形，但不慎跌落并不会爬不上来，因此……"

"也就是说，有人对天然的洼地进行过加工？"

"对，警方判断，确实经过人为加工，那是人造陷阱。除了查到挖掘的痕迹，还发现有几处是将挖出来的泥土匀平，铺上落叶遮掩。"

美弥子似乎猜中了。

"没找到梯子或挖掘工具，也不知道是什么时候挖的。不过，天津小姐上吊的时候，那个坑洞就已经有了。或许应该说……天津小姐是刻意在那个坑洞的旁边自杀。"

"咦？"

美由纪蓦地想起。

想起后，她心头一惊，感到一阵后怕。

如果那个时候遗体还在树上……那么，在有人来救出她们之前……遗体就一直垂挂在美由纪和美弥子的头顶上！

在那种状况下，根本没有心情欣赏星空吧。

"这件事不太可能与此案无关。还有一件事，我怎么也想不通……"

"我全都想不通。"

"将天津小姐和葛城小姐的关系泄露给八卦杂志社的……可能是天津家的人。"

"这……未免太莫名其妙。最希望隐瞒两人关系的，不是天津家的人吗？"美弥子说。

"对。换句话说，除了当事人以外，知晓这个秘密的只有天津家的人吧？"

是这样没错，但……

"哎，怎么会这么复杂！"美由纪大喊。

"是啊。不过……一定有让这些复杂的要素迎刃而解的图式。"

敦子这样说。

5

"实在是盛气凌人……"说完，茶馆大婶把手中的托盘按在胸前，紧紧抱住，"虽然我觉得警察本来就是这样的。"

"是为了破案，语气才严厉了一些。"

这样回应后，敦子认识的刑警——青木文藏啜了一口茶。听说他是警视厅搜查一课的刑警，美由纪以为会是可怕的人，没想到和猜想的南辕北辙。青木的头很大，却有一张娃娃脸。只看脸的话，比老脸的贺川更像小朋友刑警。可是，青木的气质不像小朋友。尽管不清楚他的年纪，但他给人的印象是温文尔雅的大哥哥。

"真不好意思……"青木行礼赔罪。

"啊，没有让你道歉的理啦，而且你一点都不像刑警。我好像在哪里见过你……何况，没有刑警会带着女孩行动。她们应该不是你的女儿，是夫人和妹妹？"

"哪、哪里的话！"青木又是摇头又是摆手。

"咦，很可疑哦？"

"才、才不可疑。呃，那个……"

"没什么好瞒的啦。你们这些官爷，凡事都打破砂锅问到底，身为草民偶尔也会想反过来问问。喏，快从实招来！"

"不，就是……"

"我是协助办案的人。"敦子说。

"咦，这是在查案吗？"

"是其他的案子。"青木不知为何浑身冒冷汗。这里是缆车高尾山站附近的茶馆。

青木辩称是其他案子，有些不正确。

确实，秋叶登代的失踪案被当成其他案件处理。由于她说到底是失踪，即使判断可能涉及犯罪，也应该是由辖区警察来办案。

美由纪不太了解警察组织，但秋叶登代的失踪案，是柴又的派出所受理的，听说那里是隶属龟有署。另一方面，是枝美智荣的失踪案是贺川任职的玉川署受理的。而高尾山位于八王子警署的辖区，天津敏子和葛城幸的失踪案是八王子警署受理的。而葛城幸的遗体是在群马县找到的，那边是群马县警的地盘吧。虽然说是地盘感觉有点怪。

美由纪不知道负责侦办案子的，是接到协寻请求的东京都各警署，还是找到遗体的地方警署。但分散成这么多地方，应该也弄不清楚了吧。

然而，如果这些全是同一个案件……

除了群马那边，这边的警署都归警视厅管辖。从敦子那里听说这件事以后，青木忧心忡忡。

青木最在意的，似乎是美由纪和美弥子掉落的陷阱。

用不着想，那根本不是孩童恶作剧的规模。明显极费劳力，假如没有特定目的，不会挖出那种坑洞，而假设抱有某种目的，那就极有可能与犯罪相关。

若是这样，不能置之不理。

虽然不可能为了这种程度的事就成立所谓的搜查总部，但青木仍将事态看得相当严重。

美由纪怀疑，因为是敦子说的，青木才会格外重视——于是青木利用休假，以私人身份到现场勘察。

这并非正式办案，而且需要有人指引陷阱的位置，因此敦子和青木同行。

这……

太狡猾了。

美由纪无法接受被抛下。

更进一步说，敦子和美弥子撇开美由纪，在儿童屋密会，这件事本身就有点……狡猾。

也不是狡猾，只是这么一来，就不需要美由纪了。虽然这不是该用需不需要来评断的事，但她就是难以接受。

对美弥子来说，应该只要有敦子就够了。对敦子来说，应当也一样，只要有美弥子，就不需要美由纪。就算不是这样，美由纪也心知肚明，她不怎么被需要，所以她才想插一脚，硬挤也要挤进来。尽管这次的行动，她多少觉得是硬搅和，有点过意不去。

美由纪应该是个电灯泡。她也并不是没感觉到，青木比较想和敦子独处。

总之——

美由纪甚至向校方谎称警方找她去前些日子掉进陷阱的现场进行勘验，跑了出来。虽然是谎言，但她认为与事实相去不远，是所谓的"话要看怎么说"。

总之——

尽管觉得自己有点像电灯泡，美由纪仍坐在敦子旁边吃着田乐烧 [1]。天气变得颇冷，蒟蒻尝起来格外美味。

1　田乐烧，将豆腐、茄子、蒟蒻等串起来后，裹上味噌后烧烤的料理。

"什么其他案件啊？一下天狗掳人、一下上吊自杀，这阵子实在不平静，其他还有什么事吗？"

大婶——不，以年龄来看，或许应该叫大姐——人很开朗，活力十足。

"哦，应该是恶作剧吧。山里有人挖了个大坑洞。"

"那是獾干的好事吧？山里很多黄鼠狼、貉子之类的动物，其中獾会挖洞啊。"

因为獾也叫穴熊[1]嘛——大婶说。

"它们到处挖洞，剩下来的洞就被貉子那些动物捡去用。拿烟熏一下就会跑出来了。"

"不是那种洞，是陷阱。"美由纪解释。

"陷阱？小朋友恶作剧吗？可是，这里没有小朋友啊。"

"我掉进去了。"

"哎呀，就小朋友来说，你还真高大。最近的孩子们营养真好。哪像我，在你这年纪的时候，只有南瓜吃，才会长成这样一张南瓜脸。"

大婶左手掩嘴，笑着用右手轻拍美由纪。说像南瓜，看起来确实有几分像，但跟大婶客套也没用，于是美由纪苦笑着敷衍过去。

"我是很高大，但还是个小朋友。那个坑洞非常深，连我掉下去都爬不出来。"

"太危险了吧！"大婶惊呼，"那样会受伤的。獾不会挖那么

---

1 獾的日文即为"穴熊"。

大的洞。毕竟很小只嘛。会是天狗的窝吗？可是，天狗窝不是在树上？"

"应该是人挖的。"青木说，"事实上真的很危险。以恶作剧来说，实在太过火，所以我们来调查一下。怎么样呢？您有没有看到背着铲子、十字镐等工具、像是工人的人上山？"

"这么夸张，我是没看到啦。什么时候的事？"

"不太清楚。那位天津小姐……"

"自杀的人，对吧？"大婶接口，"我记得她的名字。年纪轻轻的，实在可怜。"

"对，找到她的遗体的时候，坑洞已经有了。"

"怎么不填起来？警察真是懒。"

接着，大婶说"讨厌，忘记你也是警察了"，拍了拍青木。

"所以，小姐掉进坑洞里了吗？"

"没错。"

"看来真是个大坑洞。那么大的坑洞，没工具应该挖不出来。用十字镐什么的，也得够大吧。"

"应该吧……"

"不可能啦。"大婶说，"这一带的山啊，由于某些原因，是受到保护的，所以禁止砍树挖地之类的工程。而且药王院的权现堂，前年也被东京都指定成什么……"

"物质文化遗产，对吧？"敦子说。

"就是那个文化遗产。毕竟是很宝贵的建筑物，万一伤到可不得了。要是有那种做工程的工人上山，一下就会注意到。"

"请问，"敦子举起手，"有时会有四五个，或是更多打扮相同的人，一起上山来，对吧？”

“四五个人？一堆啊。如果是进香团，就是十几二十人团体行动，都穿着一样的衣服。”

“那么，有没有全是男人，下山时衣物脏得厉害的……”

“衣服脏掉吗？这个嘛……不管是进香还是登山，通常都不会穿得太随便。而且，跌倒也会弄脏衣服。这里又不是关卡，我也不是守卫，不会成天站岗。不过我是招牌女郎，虽然长得像南瓜啦。我想想……”

大婶抱着托盘，仰望上方。

“啊，有的。”

“有吗？”

“喏，那个……天津小姐吗？在找她的时候，来了一名盛气凌人的警察，当我是罪犯似的问东问西。然后，下一个是被天狗抓走的小姐……”

是指是枝美智荣吧。

“当时也来了一名盛气凌人的警察，没完没了地问个不停，一直逼我回想，所以我才想起前后发生的事……”

可是，这件事我也告诉警察了啊——大婶说。不，应该不到大婶的年纪。

“是什么事？”

“不是有国民服吗？还是叫复员服？这年头应该没人会穿那种衣服。虽然战后蛮常见的，但现在没人穿了。总之，有穿着那种衣服的人……我想想，大概五六个吧，年纪三十多岁，邋里邋遢的一群，就在那边坐着……”

大婶说着指向美由纪坐的座位。

"他们浑身都是泥巴，喝着茶问有没有酒。拜托，哪来的酒？这里可是茶馆。"大婶皱起眉说。

"那是什么时候的事？"

"就是……是天津小姐吧？她被找到之前……所以是上吊前一天吗？她被找到的两天前。应该没错。我不知道天津小姐是什么时候上山的。警察高高在上地问我有没有什么不对劲的事，我就如实禀报了。我拼了命地去想起来，警察却冷冰冰地说和案子没有关系。"

警察真是盛气凌人呢——大婶看着青木说。

"呃……我为警方高压的态度致歉……不过事实上，跟寻人应该是没有关系的，但或许跟我们要打听的事有关。那群男人……"

"不不不，他们只是浑身泥巴而已。虽然全身汗臭，可是他们没带十字镐。要是扛着那种工具，我不用努力回想，也一定记得。不过，他们提着像背袋的东西，但十字镐装不进去吧。"

"不，"青木边想边说道，"我以前是海军，不是很清楚，但或许装得下陆军的那种小圆匙。那是便携式的。"

"小圆匙？"

敦子似乎不知道那是什么。

"是小型的圆匙。不知为何，听说陆军习惯把圆匙读成enpi[1]。"

敦子好像懂了，但美由纪听了以后仍旧一头雾水。别说读

1　日文"圆匙"的正式读音为"enshi"。

音，她根本想不出会写成什么汉字。她觉得连 enpi 是不是日文都很可疑。她问那是什么，青木说是铁锹。

"呃，可是铁锹也很大。还是，那东西长得像花铲？不过，花铲挖不出那么大的洞。"

"圆匙没那么小。那是步兵随身携带的挖掘工具……或者说武器，柄的部分可以抽出来。只要在前端的铁锹——铁片那部分插上木柄，就会变成小型铲子。应该是用来挖壕沟的，但也能当盾牌，在肉搏战的时候，则是用来殴打对方。如果是小圆匙，拆开来……"

约莫这么大吧——青木双手比画着大小。

"啊，如果是团扇鼓那种大小，装得进袋子里吧。这么说来，他们都提着一样的背袋，我以为他们是军人。那么……坑洞是他们挖的吗？又不是小朋友或者獾，挖什么洞啊？"

"有可能。这样看来，挖好陷阱的隔天，天津小姐就自杀了吗？总觉得就偶然来说，时机过于凑巧了。"

面对青木的问题，敦子回答"或许不是偶然"。

青木的神情暗了下来：

"不是偶然……意思是，天津小姐是等到陷阱完成才自杀吗？这实在说不过去啊，敦子小姐。"

"对，**如果那样想**确实奇怪。"

敦子以食指抵着下巴，寻思片刻后转向大婶说：

"您费了好一番辛苦才回想起来呢，连细节都是……"

"什么辛苦，说得好像我脑子不好一样。别看我这样，算起账来可是一等一，长久以来被人称作活算盘，所以我挺聪明的，但还是不会记得那种事啊。不过，那个被天狗抓走的姑娘，她叫……"

"是枝美智荣小姐。"

"对，美智荣小姐，她是个开朗的好孩子。她来过三四次吧，我记不太清楚，只是认得这个人。她都会朝气十足地向我打招呼，也来吃过关东煮。但问我她什么时候来过，我又没记在账上，一般不会记得吧。不过，她被抓走那天我倒是记得。因为她曾借用洗手间，就在那边。"

大婶说着指向屋内。

"在山上，上厕所是件大事，毕竟妇女不好随地大小解吧？所以，我们茶馆的洗手间对登山客很方便。可是……"

我没看到她回去——大婶说。

"刚才提过，我不是守卫，不会一直站在门口，大概是错过了吧。我们茶馆还有一个店员，但那天应该只有我一个人，恐怕是错过了。"

"嗯，应该是呢。您也没看到天津小姐上山。"

"没有。"大婶回答，"而且我不认识那个自杀的女孩。给我看照片，我也不认得。"

"您看了照片吗？"

美由纪连天津敏子的长相都不知道。

"那名盛气凌人的刑警拿照片叫我看，所以我就看了。可是，看了也不认得。后来的刑警拿出美智荣小姐的照片，我都分不出有什么不同。"

"两人长得很像吗？"美由纪问，大婶当下否认说"不像"。

"每个人都长得不像啊。脸就长得不一样嘛。又不是双胞胎，没人会长得一样。可是，有时只是惊鸿一瞥，所以照片看起来都一样。"

"两人的照片很像吗？"

"她们的脸长得不像，是完全不同的两张脸，衣服也完全不同。那个自杀的女孩当天穿的衣服……我是没看到那女孩啦，但那名盛气凌人的刑警不厌其烦地说明，害我都记起来了。我想想，开襟衫吗？是桃红色的。然后，底下是裙子。这一带不太有人会穿成这样上山来。"

应该吧。

"所以我根本没印象。然后，美智荣小姐吗？听说她戴着时髦的登山帽，背着背包……还有什么呢？她穿着格子衬衫和鼠灰色外套，搭黑色长裤。噢，她真的就是穿成这样。因为她来借过洗手间，我帮她保管过背包。"

"我明白了。可是，照片上不是这种打扮吧。"

"不是，两张都像是相亲照那样的照片，那种照片很难区别出不同吧？"

"确实如此。"

敦子再次陷入沉思。

青木探头看她的侧脸，接着，刑警转向参道，问：

"这座山有许多人穿得像巡礼者吗？"

"巡礼者？巡礼的不是都去四国？"

"不，您看那边。"

在青木所指的方向，有几名穿白色和风服装的人挂着木拐杖前进。原来那种打扮，就是之前说的什么白衣吗？美由纪恍然大悟。

"噢，那不是巡礼者，是香客。不过，嗯，很多啊。比如进香团，有的全穿着一样的白衣。"

"事发那一天……"

"事发？啊，有人自杀和天狗掳人那天吗？"

"就是那天。那天有没有穿成那种样子、头戴斗笠的女子独自上山？"

"有。"

"有吗？"

"有。哎……这件事我也告诉警察啦。我想起什么，都毫不隐瞒，一五一十全说给警察听了。对方盛气凌人，认为我一定看到了什么，所以我就说了。刚好是……美智荣小姐吗？那女孩借用洗手间的时候，有个穿成那样的小姐经过茶馆。那时候我帮忙拿着背包，错不了。可是，警察说应该无关。"

确实是无关。

在那个时间点是无关，但……

"这表示她很显眼吗？"敦子问。大婶摇摇头：

"也不是显眼……嗯，因为有很多那种打扮的人，并不特别引人注目。可是，一身那种打扮，却一个人上山，就不多见了。而且你看，几乎都是老公公、老婆婆，没有年轻女孩。从这个意义来说，是很稀罕啦。加上她戴着斗笠，对吧？"

"好像是。"

"没什么人会戴斗笠。你瞧，没人戴吧？顶多穿无袖上衣，或是结袈裟¹。不过四国的巡礼者，由于会巡回各地，应该会戴斗笠吧，但这里又不是那种地方。药王院就只是药王院，通常只会来拜一拜而已。登山客又不一样了。何况，现在没人戴斗笠了吧？毕竟都昭和时代了。"

"意思是，因为是在昭和时代，戴斗笠的年轻女子格外显眼吗？"

"咦，是呢。"大婶说，"很显眼。"

"可是……您没看到她下山。"

"是漏掉了吧。"

"也不会一直盯着看嘛。"美由纪帮腔，大婶说"没错"。

"就连那个……美智荣小姐吗？我连她回去都没看见。如果看到有人经过，就会记得。可是我也会去洗手间啊，或许是那时候经过了。"

"是啊。"敦子应着，转向缆车车站。

"那天……"敦子接着问，"那天下山的人，有没有让您印象格外深刻的？在您记得的范围内就行了，即使是盛气凌人的警察说无关的人也不要紧。"

"我真是被警察瞧扁了。"大婶不甘心地说，"我啊，活了三十五年，从来不曾作奸犯科。虽然是离婚回老家了，但没做过任何该被警察吼的事。"

"真是太对不起了。"青木低头行礼。

大婶估计是受到了相当糟糕的对待吧。

1　结袈裟，日本修验道的僧人穿用的袈裟。

"算啦。对，有个古怪的老头子。也不算老头子吗？拿手巾包住头脸。可是，那阵子我看见过他好几次，应该无关吧。"

"看见过好几次？"

"可能是来祈愿，或是为了什么天天来参拜吗？"大婶回答，"我觉得应该无关，所以没说。然后……是啊，其他都跟平常没两样。对了，有人不舒服。"

"是什么情形？"

"噢，我上前询问怎么了，毕竟会担心嘛。不过，好像只是肚子疼而已。是个女人。头发长长的，被老公背着。"

"被背着？"

难道是……

"那会不会是是枝小姐……"美由纪说。

"那个女人是长头发吗？"敦子问。

"长头发，直垂到男人的胸口以下。她的脸被头发盖住了，看不见。"

这样啊，原来不是吗？是枝美智荣是短发。

"背着她的是什么样的人？"

"哦，问得这么仔细？嗯，那是她老公吗？搞不好是父亲，因为看起来很老。背上的女人，那张脸靠在这边，所以看不清男人的脸，可是不年轻。走路的样子不年轻，而且撑着拐杖。"

"女人还活着吗？"美由纪问。大婶回答：

"这孩子在说什么傻话？背着尸体做什么？要是人死了，应该赶快找警察吧？当然活着，不停呜呜呻吟呢。死人不会呻吟吧？头也摇来晃去的。因为看起来太痛苦了，我问要不要借厕所，但男人说不是拉肚子，不要紧。不晓得是胃痉挛，还是盲肠炎？"

"这也是……那一天发生的事吗？"

"就是那一天。"

"您还记得女人的服装吗？"

"真的问得好仔细啊。服装哦，我想想。对了，女人背着背包，就这样让男人背着，然后外面再披上外套。那是男人的外套，所以看不出是什么服装，但不是穿裙子，应该是长裤。不是什么特别的打扮。"

"是去参拜的人吗？"

"不像是去拜拜，应该是登山客吧。如果是在寺院突然不舒服，照理会在里面躺一下，寺方也会稍加照顾。这我也跟警察说过了。虽然没说得这么详细，但确实说了，可是……"

"警察认为无关吗？"美由纪问。大婶回答：

"对啊，跟我说无关。嗯，应该无关吧。如果是背着跟失踪的女孩很像的女人，可是大功一件。这样一来，警察也不会那么盛气凌人，但完全不像。"

"长得不像吗？"

"没看到脸。不过，失踪的女孩穿的是裙子。被男人背着的女人是穿长裤，头发也很长，根本不一样？"

不，那个……

"那是指……天津小姐吧？"

"对对对，天津小姐天津小姐，自杀的女孩。"

真是可怜啊——大婶说。

"呃，难道……"青木说。

"什么？"大婶反问。青木困窘地垂下眉梢：

"有没有哪些事您告诉第一个刑警——来找天津小姐的调查员，当时被驳回说无关的……就没告诉第二次来找是枝小姐的调查员了？"

"无关的事，何必再说？我才不想又被瞧不起。"大婶回答。

"那么，被背下山的女人的事……"

"你是指第二次吗？我没说啊。因为不是同一个人，只会被警察说又没人问你，自讨没趣。"

"呃，可是服装……"

"服装？是有服装类似的人。可是，那女孩……是枝小姐吗？我认得她啊，还让她借用过洗手间。我见过本人，比照片可靠多了。而且，我不是说被背下山的女人是长头发吗？你们怎么这么迷糊？"

的确。

是枝美智荣和天津敏子……两人都是短发。警方拿出的照片会让人感觉相似，也是这个原因吧。

"这样啊。其实，那个穿白衣戴斗笠的女子，也下落……"

"不可能、不可能。"大婶说。

"不可能？"

"不可能是天狗抓走的。况且，这一带的天狗不会抓人。天狗掳人这种事，在其他地方或许有，但这里没有。高尾山的天狗不是坏东西。"

大婶说着伸手一指。

"你们看，药王院供奉的本尊，是药师如来和饭绳大权现。虽然是天狗，也不是随处可见的等闲天狗，而是饭绳大权现，很了不起，才不屑抓什么人类。如果人不见了，就是下山了。"

是漏看了啦——大婶说。

"是啊。"敦子表示同意，"没错，如果人不在山里，不是下山时没被看到……就是**根本没上山**。"

敦子说完，站了起来。接着，她行礼道谢，从包中取出钱包。

"咦！"

大婶瞪向青木。

"你啊，这样对吗？这位小姐要付钱耶。"

"咦？"

青木惊慌失措。

"不要紧。"敦子笑着付钱给大婶，说，"只有两人份。"

"噢，好爽快的女孩，我很欣赏。"大婶说着拍了拍敦子的肩膀。

"是啊，其实我十分看不惯什么都要男人出钱的风潮。大概是学欧美，东施效颦。可是，不知道是爱慕虚荣还是想要帅，大部分都是男人付钱。"

青木歉疚地耸了耸肩。

"最近有些女人啊，要是男人不付钱就会生气，硬是叫男人付，否则会很不服气。如果是撒娇希望男方请客，多少还能理解，但她们觉得男人请客是天经地义，这到底是什么心态？就是这样，我才会担心。虽然跟是男是女无关啦。来，各付各的……"

说到这里，正要向青木收钱的大婶突然发出"啊"一声。

"怎么了？"

"你！我想起来了，你……很像小芥子人偶！"

大婶说着拍了一下膝盖，青木则露出无比遗憾的神情。

"我那口子的弟弟，在山形县做小芥子人偶。明明跟他说不要，还一直寄来，家里都有六个了。你发窘的笑容，跟小芥子人偶真的很像。"

大婶哈哈大笑：难怪觉得在哪里见过你，根本就是天天都看到嘛！

一行人前往陷阱所在之处。

青木一直一脸遗憾。美由纪问敦子他怎么了，敦子告诉她说，青木好像是被许多人说过一样的话。第一个把青木比喻成小芥子人偶的……大概……是榎木津，所以才格外感到沮丧吧。

从茶馆步行到坑洞，路程约有二十分钟。

尽管只有短短二十分钟，但偏离登山路线，是平常根本不会去的地点。景色没特别好，也没什么可观之处。

三人经过前往琵琶瀑布的岔路口。

这是之前美由纪和美弥子一起走过的路线。

"是枝小姐是从这一带开始偏离路线的吗？"青木开口，"这一路上似乎有不少目击者。虽然可能再往前走，之后又折返……无论如何，只要顺着我们刚才走的那条路过来，似乎就不可能迷路……更重要的是，除了这条路以外，没有别的路了。那么，从哪里误打误撞过去都一样吗？"

"可是……"敦子说着环顾四周。

"天津小姐或许是在森林里徘徊，寻找自杀的地点，所以不清楚她走过哪些地方……但是枝小姐的情况，如果没有外力诱导，应该不会偏离路线才对。"

"诱导吗？"

"而且，秋叶小姐不是来登山，是来参拜的，不太可能离开参道闯进深山。是枝小姐大概原本就打算绕半山腰一圈，不过秋叶小姐应该是直接前往寺院。"

"要去寺院，是穿过刚才在茶馆看到的门，笔直前进吗？"

"净心门，对吧？是枝小姐预计要走的路线，应该也是绕过寺院后面，最后抵达净心门。"

"没错。"美由纪说，"有个认得美智荣小姐的人，因为肚子痛还是不舒服，一直待在那里。"

"嗯……"

青木交抱双臂。

"假设是枝小姐和秋叶小姐失踪，以及天津小姐自杀，都是发生在同一天，也不太可能是在同一时间吧。何况，不知道天津小姐是几点上吊的。"

"不知道吗？"美由纪问，青木回答"无法知道吧"。

"毕竟没有解剖。由于是非自然死亡，所以会验尸，但只能看出大概的情况。即使解剖，也无法查出精确的时间。从尸体的状态，只能判断是在中午过后。"

"时间都相差不大。"敦子说。

"不，秋叶小姐应该是在上午参拜的。她离家的时间似乎相当早，如果途中没去别的地方，十一点前就会抵达。"

"这样啊。"

"天津小姐是在天亮前出门的吧？"美由纪问。青木应道：

"但不清楚她是几点上山。如果搭缆车上山，首班车是八点出发，所以是在这个时间以后。不过，和是枝小姐不一样，没人目击到天津小姐的身影。那天人流量比今天大，她的穿着打扮又不是特别醒目，或许混在人群中……"

"我认为她应该很显眼。"敦子说，"她那不是登山或参拜的行头，算是轻装。"

"登山客以外的人，像是香客，也有人是轻装打扮吧？"

"说是轻装，那也是日常衣着。又不是去附近买东西，穿着那种服装搭缆车，反倒会引起注意，不是吗？"

确实，今天人算多的，但没看到任何人是开襟衫配裙子的打扮。

"如果是徒步登山，虽然不太清楚从她家到这里需要花多长时间，但不管再怎么早离家，嗯……就算目不斜视地前来，也只能说是上午抵达的。"青木说。

"秋叶小姐呢？刚才茶馆大婶说她几乎是和是枝小姐同时上山的，缆车里没人目击到她吗？"

"这部分恐怕没进行调查。"青木说，"警方应该曾经走访过，但找到衣服的地点在更下面，即使她真的去参拜过药王院，也会判断她下山了，所以没进行搜山。"

"没调查吗？"敦子说着看向森林，"那么……天津小姐可能是第一个抵达。天津小姐不是要去寺院，也没走登山路线，应该是自发性地踏进森林，寻找无人的地点……"

美由纪也望向森林，接过话头说：

"然后，碰巧走到设有陷阱的地方，并最终选择在那里上路？虽然这样说对死者有点不敬，不过你是想说她刚好看到一棵树，而树枝正适合悬挂绳子之类的吗？"

"会是这样吗？"敦子说，"如果我是天津小姐，就算要深入森林，至少会挑选还像路的地方进去。可来到这里的途中，并没看到类似的地方吧。从这个意义上来说，这里算是比较平坦……"

青木仔细观察着地面，说道：

"嗯，确实如此。可是……已经看不出有没有脚印。即使是平常不会有人经过的地方，应该也被搜索队的大批人马踩乱了。"

"我们也是从这里进去的。"美由纪还记得当时的路径，"因为树与树的间隔比较宽，还有感觉里面已是森林，怎么说呢？就是一片翁郁。到达这里以前不是这种感觉。"

"是那边，对吧？"青木问。

"对。"美由纪回应。

"你们被救出坑洞后，也是从这里出来的吗？"

"应该没错。那个时候不知道为什么是熊泽先生领头……"

"熊泽先生？"

"金次先生。"敦子说。

"对，那位人妖小金。"美由纪说。

"那不是女学生应该挂在嘴上的词汇。"敦子规劝道。真要这么说，那也不是千金小姐该挂在嘴上的词汇吧。

"金次先生非常担心，说筱村小姐是无可替代的好朋友。有这样的朋友，我实在有些羡慕。"

敦子说着踏进森林。

青木露出难以形容的温顺神情跟上。美由纪思考了一下自己的感受。

"这条路——虽然不是路，可是感觉比较容易进去。而且，就像美由纪说的，前方是一片浓荫……"

景色很陌生。

倒不如说，每个地方看起来都一样。

这样的话，真不知道她是跟来做什么的。

"是在……"美由纪开口。

"这边。"

敦子好像记得怎么走。

稍微前进一段路后，看到了异样的东西。

"那是什么？"

"应该是表示禁止进入吧。"青木从离她俩稍远的身后回答道。

"因为不能保证不会有人掉进去。"

"噢……"

仔细一看，坑洞周围打了好几根木桩，木桩上拉上了绳索，还钉了一块像是告示牌的东西，上面写着"危险"字样。

感觉就像工程预定地、私有地，或神社之类的禁地。虽然布置得蛮粗糙的。

"大概是寺院或警方认为这个地方很危险吧。事实上真的很危险，发生过吴同学她们摔落的事故。敦子小姐报警了，当地警察来查看过，但应该没把这个坑洞和其他案件关联起来一起调查……啊，是那棵树。"

青木指着耸立在坑洞旁的大树。

这么一看，确实就在坑洞旁，粗壮的枝桠延伸到洞穴的正上方。

"是……山樱吗？"

"对。我猜天津小姐是把绳索挂在那根树枝上……再朝坑洞一跳。"

"咦？"

与其说是在旁边，那根本等于是在正上方了。美由纪想起那个夜晚仰望的星空。

如果有尸体悬挂在那里，或许就看不见星星了。

"真的吗？"

"对，这是山里，没东西能垫脚吧？所以，这个坑洞和树枝，从某种意义上来说，算是刚刚好……"

说到这里，青木又表示"不，这种说法不恰当"。

"人都过世了，我不该这样说话。可是，站在那一侧——陡峭的一侧边缘，抛出绳索，挂在那根树枝上，打好绳结，套到脖子上，然后纵身一跳……"

"嗯……"

那个位置的正下方当时正好并排坐着美由纪和美弥子。

"啊！"敦子忽然轻呼，"用于自杀的绳索，是从哪里来的？"

"好像是家里的东西。"青木回答，"将几条腰带牢牢地绑在一起。都是天津家的东西。"

"这样啊……"

"不过，这个坑洞真的是人工挖出来的。"青木弯身探看坑洞。

"这处凹陷，或者说斜坡，靠近我们的这一侧似乎是原本的状态，但另一侧完全是挖出来的。你们是从这一侧滑下去吗？"

"对。美弥子小姐滑下去，我想抓住她的手，就一起滚下去了。"

"居然没受伤。"青木说。

"美弥子小姐扭伤了脚。我可能是摔到她身上了。"

"就像滑滑梯一样啊。然后底部突然变深。另一侧……我看看，应该超过三米吧。幸亏底下的泥土够柔软……"

"我只是摔痛了而已。"美由纪说。

是很痛。

可是——

"如果天津小姐真的悬在那里，有人发现了跑过来的话……就会摔下去吧？"

"嗯，会这样呢。"

"根本不会料到这种地方会有这种大坑洞，因为从来的方向看不清楚。那么，美智荣小姐和秋叶小姐……会不会是看到有人上吊，慌忙赶来，然后掉进坑洞里？"

"嗯……"青木蹲着，交抱双臂，还侧着头沉吟起来，"对了，会不会葛城小姐也顺便——这算顺便吗……一起掉下来了？姑且不谈秋叶小姐，葛城小姐正在找天津小姐，所以一定会跑来。如果摔下去，就没办法报警，也没办法把遗体从树上放下来，对吧？"

"这……确实如此。"

"然后，美智荣小姐和葛城小姐在坑洞里交换衣服……不对，葛城小姐穿上美智荣小姐的衣服，接着秋叶小姐……"

"脱掉衣服吗？为什么？"

"呃……"

不知道。

"况且，是谁将三个掉进坑洞里的人救出来？不，更重要的问题是，这个坑洞是挖来做什么的？"

"呃……就是用来抓女生……不太可能。"

美由纪偷瞄一眼敦子，见敦子在思考。

"首先……"

"什么？"

"有人看到天津小姐的遗体，于是跑过来，这并非不可能的事。但除非有谁将那个人诱导到看得见遗体的地方，否则还是不可能。因为从正常的登山路线，绝对看不到这里。"

"啊，对哦。"

"不过，只有葛城小姐另当别论。如果她在找天津小姐，或许有可能看到。至于另外两人……"

"不可能吗？"

"不是不可能，如果将她们带往看得到的地方，就有可能。毕竟两人都没有深入山中的理由。当然，就算没有理由，也有可能误打误撞，偶然发现以后就掉进了坑洞里。只是，并非结伴而行，却有这么多人连续掉进坑洞里，实在有点难以想象。不过，为了掳走某人而挖坑洞的假设……我觉得应该没错。"

"是吗？"青木稍稍提高了声调，说着站了起来，"做这种事又能如何？"

"不知道。可是，青木先生，你想得到其他用途吗？我完全想不到。"

"呃……这不是针对特定某人的陷阱吧？是枝小姐、秋叶小姐会在那天登上高尾山，说起来不都是偶然？"

"也不是说偶然，只是第三者不太可能掌握两人的行程。"

"如果没有特定的目标，我觉得用不着刻意挑在山上。倘使目的是抓人，肯定有更适合的地点，不是吗？不用这么大费周章……"

"不，应该……非得是此处不可。"敦子说。

"什么意思？"青木问。

"茶馆的大婶说，这个坑洞是在天津小姐过世前一天挖好的，对吧？"

"说来也是。虽然不知道是什么时候开始挖的，起码在天津小姐过世的那一天，坑洞已经挖好……要是茶馆大婶的记忆准确，直到前一天，都有疑似挖坑洞的人在山上忙于作业。"

"是啊。"敦子盯着坑洞说。

"怎么了？敦子小姐，你有什么灵感吗？"美由纪问。

"我不可能有什么灵感。"

"咦？"

"我只是组合已知的事实，积累起来罢了，我并没有优越的想象力，或敏锐的直觉。"

"是吗？我知道的事实数量也差不多，但我不会组合，也不会堆积。是因为我的脑袋太粗制滥造吗？"

"没这回事。"敦子淡淡地笑着说，"美由纪感情丰富，你会开心或悲伤，又有正义感，而且聪明伶俐。我呢，即使再悲伤再难过……仍然比较喜欢正确的一边。而且，不管再怎么喜欢，都无法忍受错误。不论善恶、好坏与优劣，我生来就无法原谅不合理的事。虽然我不觉得这是坏处，也不打算改变……"

我是个无趣的人——敦子说。

"不不不，一点都不无趣。正确才是好的，这还用说吗？"

"未必如此。"敦子应道。

"难道……你有什么不好的预想吗？"

"不好的预想，再多都想得到。之前提过，我哥的教诲是，随时都必须预测最糟糕的状况。所以，大可尽情预想、预测。只是，一旦找到能补足那不好的预想的事实，有时候我会无法自拔地……"

厌恶起自己来——敦子说。"我就是这么麻烦的女人。"

美由纪可不这么认为。

美由纪偷瞄了一眼，发现青木正以苦恼的目光望着敦子。不知道这反映出的是何种感情。敦子绕到坑洞另一侧，仰望高大的山樱。

"那根树枝……从这里看不清楚，但是不是磨损得蛮严重的？"青木慌忙站到敦子旁边，踮起脚看树枝。

"会吗？嗯，毕竟支撑了一个人的体重。"

"不，与其说是重量压出来的，感觉更像是绳索摩擦造成的。"

"是挂上去之后，像这样拉扯吧？为了确定够不够牢靠。"

青木做出开车的动作。看起来是扯动、摩擦的动作。

"是吗？那样树皮会剥落吗？"

"磨损得那么厉害吗？"

"要不要我爬上去看一下？"美由纪提议，被另两人异口同声地驳回："最好不要。"

"会掉下去。"

"我身手很矫捷的。"

"呃，或许吧，但万一吴同学再次掉进坑洞里怎么办？这次不是滑落，一定会受伤。"

"啊，对哦，底下是坑洞。"

青木又是打斜身体又是踮起脚尖的，观察了一阵子树枝后说："嗯，确实磨损得挺严重。"

"这……代表什么？"

"警方没有……现场的照片吧？"

"大概是因为从一开始就当成自杀案件吧。如果是离奇死亡，就会拍照存证。不晓得究竟有没有拍，我想应该是没有。"

"就是说呢。"敦子望向脚下，"这里的地面被踩得很坚固。"

"把遗体放下来的时候，出动了好几个人。搜索的人，还有调查现场的警官都来了。对了，挖出的泥土堆在那边……好像被踩平了。虽然上面撒有枯叶掩饰，但仔细观察就能看出来，因为土质很软，还留有许多脚印。这里是原本的地面，不仅没那么柔软，正如你所看到的，铺满枯叶和枯草，所以不会有脚印……"

咦？青木忽然倾身向前。

"这个脚印蛮深的，是放下遗体的时候留下的吗？"

"是调查员的鞋印吗？"

"不……不确定，但鞋印蛮特别的，会是军靴吗？"

美由纪也绕过去，从敦子的身后观察。她感觉鞋印就像从地面挖出来的那么深。

"警方应该会找来当地的消防团之类的帮忙搜索……不，那些人多半是穿长靴。而且，这脚印只有一个，多少有点奇怪。就算要放下遗体，也会是许多人一起合作。这里的地面不平坦，为了避免损伤遗体，会小心翼翼地行动。而且，放下遗体的时间点，仍有他杀的可能性……啊，不，脚印有很多。"

敦子也蹲下来：

"这边大概是益田先生的鞋印，那边是熊泽先生的鞋印。我们在那棵山樱——不过当时是晚上，看不出是什么树——在那棵树上绑绳子，将筱村小姐和美由纪拉上来。"

"我是被大家拉上去的。"

"当时……是啊，熊泽先生踩得蛮用力的，可是……熊泽先生的脚印也没这个脚印深。"

这么说来，确实如此。

"和活人不一样，遗体不会动，所以很重。"

"重量不一样吗？"美由纪问。敦子解释：

"美由纪是自己爬上去的吧？会抓住泥土，或是踩住壁面往上爬。遗体不会有这类动作，即使重量一样……"

说到这里，敦子一顿，低喃："这样啊。"

"怎么了？"

"即使活着，如果不会动，一样很重吗？比起美由纪，脚扭伤的筱村小姐更难拉上来，就是这个缘故吗？"

确实，美由纪觉得两人的体重应该差不多。

美由纪个子比较高，或许更重。不，美弥子身材娇小，美由纪一定比较重。

"嗯，仔细检查，看到留下了不少脚印啊。"青木说。

"没错，可是都很浅，而且看起来都在这个很深的鞋印上面。如果我的观察正确，是先有这个鞋印，其余是后来才留下的。"

"应该没错，敦子小姐，这有什么意义吗？"

"是的，或许……意义相当重大。青木先生，你觉得仔细调查这个坑洞，还能发现什么吗？"

"发现什么……？"

"比如查出挖掘的工具。"

"若是请鉴识人员过来，或许能查到什么，但如你所见，现场被调查员和相关人士踩得乱七八糟，坑洞里也……"

"我也有份。"美由纪举手说，"我们在坑洞里吃了一堆零食，碎屑掉了满地。"

"嗯，当时我们也兵荒马乱了一阵。天津小姐过世时的状况，实在不可能保留下来。那么……在这里继续观察也没用吗？"

"意思是，全部看完了吗？"美由纪问。敦子回答"感觉遗漏了一大堆线索"。

"如果巨细靡遗地观察，应该会有更多发现，但不清楚那些发现能不能填补缺少的案情，尽管任何线索理应都能补强事实。"

敦子说着"我觉得必须先厘清整体样貌"，站了起来。

接着……一行人走到疑似秋叶登代的衣物掉落的地点，但没有太大的发现。

美由纪以为会直接走着下山，但其他两人表示回到车站搭缆车比较快，于是又爬了一点山。她觉得走了很久，其实应该没离多远。

抵达山脚时，已是下午。

美由纪饥肠辘辘，但敦子和青木说和人约好在新宿见面，要她忍耐一下。

一路上，敦子似乎一直在沉思。美由纪主要和青木聊着无伤大雅的内容，但感觉青木比她更担心敦子。

会合的地点，是一家名为"再会"的咖啡厅。

美由纪从未进过所谓的咖啡厅，坦白说她兴奋极了，比美弥子带她去茶室更紧张。银座的高级店铺距离现实太遥远，毫无现实感，但这里就很踏实。

良心总有一点不安，是因为校规禁止学生进咖啡厅吧。虽然有监护人陪同，所以没问题，不过美由纪感觉自己顿时变成熟了。

不过，不管是桌子还是椅子，都和普通食堂差不多。稍显幽暗的光线，或许就是酝酿出这成熟氛围的原因。

约定碰面的对象，坐在最里面的座位。

"唔嘿……"

那个已在店里等候的人，开口就冒出怪声。他似乎等了整整一个小时，餐桌上已经摆上了杯盘。

"哎呀，这不是左拥右抱吗？真羡慕青木先生。"

青木苦笑："迟到这么久，真抱歉。"

"没关系，我狼吞虎咽吃了意大利面，还狼吞虎咽喝了咖啡。简而言之，只是翘班而已，没问题。"

"狼吞虎咽喝咖啡……"

"噢，只要放进我的嘴巴里，都会变成狼吞虎咽。啊，这就是传闻中的吴美由纪同学吗？"

"嗯……"

鸟口是个很像大狗的人。

"我是女学生绝对不能接触的从事可疑职业的大叔。其实是大哥哥，不过对吴同学来说，毫无疑问是大叔了吧。"

"这位是鸟口先生。"敦子介绍道。

"你好，我是《月刊实录犯罪》的编辑鸟口守彦，我们偶尔会出版一些健全的少年少女绝对不能读的杂志，虽然感觉快废刊了。"

"我……有什么传闻吗？"美由纪问。鸟口回答"主要是益田传来的"。想想益田那个人，真不知道他都说了些什么。美由纪问是什么传闻，鸟口表示大部分是称赞，要她不用担心。

"大部分吗？"

"嗯，大部分。啊，请点餐吧。我刚狼吞虎咽结束，饱了。"

美由纪点了鸟口提到的意大利面。她对可以狼吞虎咽的食物十分感兴趣。上菜之前，鸟口趣味横生地描述美弥子的婚礼事件。

当时鸟口似乎就在现场。

据说，榎木津和小金大闹婚礼现场。但最后把烂人打飞的，不是别人，就是美弥子本人。

"那位小姐真了不起，生了一张媲美京雏娃娃的可爱脸蛋，行动却让众人跌破眼镜。然后……"

我调查了一番——鸟口说。

"我和这位青木先生不一样，常年在见不得光的业界打滚，品行也称不上端正，所以不用完全相信我的话。曝料者也是违反公序良俗的人，只会说些有的没的，请不要照单全收。嗯，你们要问天津家的事，对吧？"

"没错。"敦子应道。

"虽然不是什么值得称赞的事，但这个业界出人意料地有不少爱凑热闹的烂人，同性之间的恋爱关系，是他们上好的猎物。"

很让人头大——鸟口说。

"那伙人从四面八方，追根究底地打听出一些有的没的。噢，我对那种事非常宽容，不觉得有什么，但那伙人……要怎么说才好……"

"怎么说？"

"他们是以下流的目光看待那种事，还是无法忍受那种事吗？何必管那么多？又不是给社会添了什么麻烦，为何那么想一探究竟？然后，为什么要过度反应？"

"或许是无法忍受异类吧。"敦子回答，"可能是觉得一旦肯定了那种人，自己就会遭到否定。虽然根本错得离谱。"

"这样啊。"

"然后，就是不愿认同，又硬要以自己的价值观去解释，才会变成下流的好奇心。"

"男人真是没用。"鸟口说。

"这跟性别无关啊。"敦子说，"我自以为能够充分地予以理解，但说到是否完全没有疙瘩，却无法直接断定……我没办法笃定地这么说。因为如果真要探究起来，多少还是会感到不安。"

"敦子小姐认真过头啦。"鸟口惊讶地说完，瞄了一眼坐在一旁的青木，接着说道，"青木先生也很认真嘛。"

"两位是认真双璧。跟你们在一起，我看起来好像很不认真，不过这是错觉哦，吴同学。我是非常平凡、标准的人。这些无关紧要。然后，关于天津小姐……天津家的上上上代是萨摩藩士。"

"请等一下，不是上代，也不是上上代吗？"

"没错，是过世的天津敏子小姐的祖父的祖父，也就是曾曾祖父。"

是从那里开始的啊——美由纪暗想。

"不过，说是武士，并不是多了不起，但也没到下级那么低等，是不上不下的身份。如果地位再高一些，应该已成为政治家，却不到那种程度。上上上代在明治维新之际，刚好是二十多岁，是个毛头小子，也就是不管地位或年纪都很半吊子。"

"能说是半吊子吗？姑且不论地位，二十多岁已是不折不扣的武士了吧？"

"是吗？不上不下吧。比如西乡 [1]，明治维新的时候是四十岁左右吧？成为知名的勤王志士的时候，则是三十多岁吧。虽然天津家的上上上代算是隶属于政府的军队，但在明治维新的时候，也没怎么活跃。"

"是就是，不是就不是，没有'算是'的吧？"

"噢，顶多是在队伍的最后面推大炮的小兵。是幕藩体制瓦

---

1 指西乡隆盛（一八二八～一八七七），日本江户幕末至明治初期的武士及政治家，萨摩鹿儿岛藩士，明治维新的指导者。

解后，没有任何功劳，只有自尊心高得要命的类型……不是有这种老头子吗？"

"是啊。"青木应道。

"然后，被这种麻烦老爹养大的，就是文久元年（一八六一）出生的上上代。这位是在中日甲午战争时期和日俄战争时期活跃的军人。说活跃，其实只是个小兵、杂兵，跟乃木将军[1]是天差地别。我想这位也是在二〇三高地负责推大炮的吧。"

根本没什么了不起——鸟口说。

"可是，这种人偏偏架子大得很。被前武士养大的军人的儿子，就是过世的敏子小姐的祖父——天津家上代当家。这位老先生目前七十高龄，出生于明治十七年（一八八四）。"

"这样啊，原来祖父并不是武士吗？"

说完，美由纪才发现这是愚蠢的发言，现代根本不可能还有武士。大概是因为听了美弥子之前的那席话，有了武士仍活在现代的错觉。

因为美弥子不停强调武士没用、武士是废物。

"哦，我想武士……几乎都死光了吧。不过，被武士养大的军人的儿子，说起来算是类武士吗？总之天津小姐的祖父就是这样的人，名叫天津宗右卫门。"

"类武士啊……"

青木露出厌恶的表情。

1　指乃木希典（一八四九～一九一二），日本明治时期的军人，陆军大将，曾在日俄战争中攻下旅顺，于明治天皇驾崩时一同殉死。

"那个人也是军人吗？"

"不是。"鸟口立即否定，"说起来，算是有点政治关系的商人吧，靠军需赚了一笔的那种。不是寄生中央，而是利用藩阀，到处钻营牟利。嗯，父子两代都是这种模式。战后则是靠土木建筑业赚钱，搭上复兴的浪潮。至于儿子——敏子小姐的父亲，名叫藤藏，是个土木建筑商。"

这是家族的背景——鸟口说。

"然后，敏子小姐是天津家连续几代的第一个女孩。藤藏非常宠爱这个女儿。"

"但我听说父女关系不睦？"敦子问。鸟口摇手否定：

"不不不不，那应该是最近的事。老爸原本真的是把女儿捧在手心里疼爱。不过，最近处得很糟糕。"

"呃，那祖父呢？"

"祖父的态度从一开始就十分微妙。"

"微妙？什么意思？"青木问。

"毕竟是孙女，应该也不是不疼，但简而言之，女人不是嫡子。"

"唉，"青木叹了口气，"是继承问题吗？"

"那到底是什么思维呢？不管要继承什么，我觉得是男是女都无所谓。因为我是土生土长的町人吗？这是町人的本性吗？还是，我从事的是没办法让孩子继承的低贱职业？"鸟口说。

"真希望你那样的想法是普遍的。"青木说，"很少有人深思，但这是个根深蒂固的问题。"

明明早就没有町人也没有武士了——青木遗憾地接着说道。

"与其说是变成四民¹平等，我觉得更像是所有人都想成为类武士。最近就连应该是土生土长的町人家里，都说起什么继承、嫡子的。"

"商家另当别论吧？"敦子说，"因为希望有人继承家产……"

"女人也能继承财产啊。"

"不光是财产，而是想让男性后代继承一切。不仅仅是财产，还想让亲生骨肉继承权力和地位，这种感情也不是无法理解，而且应该是自古皆然……但自从明治时期的制度改革以后，变得更为显著、更加扭曲。以前有女当家，也有员工被提拔为老板的情况。拘泥于有血缘关系的男性子孙，或许就像青木先生说的，这种风潮是武家规矩的残骸。"

青木表情凝重地说：

"除了部分职业以外，我对世袭这种形式颇有疑问。刑警的孩子，不一定适合当刑警，而不管父母是谁，即使是女人，有些也很适合当刑警。"

"是啊。人们都说'龙生龙，凤生凤，老鼠的儿子会打洞'，但老鼠也是形形色色的，而不管是公老鼠还是母老鼠，一样都是老鼠，我实在不懂'公的就是好的'这种思维。但宗右卫门这个人，只承认公的吧。"

是个麻烦透顶的老头子——鸟口说。

"所以，宗右卫门一天到晚逼着藤藏的老婆——敏子小姐的母亲——生儿子、生继承人。可是，这档事是老天爷决定的，没

1　四民，即日本近世社会的四种身份：武士、农民、匠人、商人。

办法说要就要。后来，好不容易怀了第二胎，却不幸死产，母亲也一命呜呼。"

"天哪……"

"媳妇的葬礼都还没办，宗右卫门就催儿子续弦。该怎么形容，脑袋冒烟吗？"

"你的意思是，脱离常轨吗？"

"敦子小姐实在是冰雪聪明。我觉得他的脑袋真的在冒烟吧。总之，关于这个老头子的风评，尽是食古不化、冥顽不灵、严格、死脑筋、傲慢、盛气凌人之类。虽然不想归咎于世代差异，但……哎，怎么会这样呢？"

"然后，儿子就续弦了吗？"

"不，藤藏拒绝了严格老头的命令。这是非常稀罕的情况。他从小就对父亲百依百顺，应该是有相当重大的理由吧。"

"他……忤逆父亲吗？"

"好像是呢。虽然不知道藤藏在想什么，但后来他一直维持单身。中间父子曾发生严重的冲突，不过事已至此，只能找个适合入赘的孙女婿。老头子真的是脑门滚滚冒烟地挑起孙女婿来，从敏子小姐六岁左右起，就整天提婚事……"

"六岁……"

"对方也才八岁左右吧。该怎么说？谈得再顺利，也都是无视当事人的意愿。家里挑好的未婚夫……我觉得实在太老派了，不是吗？"

"现在似乎依然有这种事。"青木回答，"这年头，连相亲都有人说是落伍。但相亲的决定权在当事人身上，算是民主吧。如果不合心意，还是能拒绝。"

"青木先生就是拒绝过好几次的那个人吧。总之，这就是敏子小姐的家庭背景。也是事情的来龙去脉。"

然后——鸟口说着，忽然问："吴同学还要吃吗？"

"咦？"

"其实这家店有奶油蛋糕。"

"是鸟口先生自己想吃吧？"敦子说。

"露馅啦？"鸟口应道，又对美由纪说，"我们来吃吧！"

"但不知道是怎样的蛋糕……"

"哎，叔叔请客，就陪我一下吧。还有，吴同学，你的嘴巴旁边沾到番茄酱了。"

美由纪急忙想伸手抹，突然惊觉这动作不雅，换找手帕。敦子见状，抢先递纸巾给她。

"接下来，是最近发生的事。敏子小姐希望升学，但家里是那种环境，当然遭到驳回。她被逼着去学茶道、花道，进行所谓的'新娘修业'。要先修业才能当新娘吗？什么修业，又不是要成为印度高僧或剑豪。"

我们根本没听说过"新郎修业"，从这一点来讲就很不公平——鸟口说。

"由于职业的关系，我有些流里流气，但我认为这种不公平的社会迟早会崩坏。这是理所当然的。女性参与社会的情况一定会愈来愈多，那么男人也应该**负担家务**才对。青木先生，你不这么觉得吗？"

"我吗？呃，你说的没错……只是我有预感，社会不会变成那样，毕竟类武士很顽强。"

"没错，很顽强。"鸟口表示赞同，"敏子小姐和葛城小姐，是在插花教室认识的。你们应该也知道，葛城小姐在信用金库上班，是所谓的 BG——Business Girl[1]。敏子小姐对职业妇女似乎有着强烈的憧憬，于是两人亲近起来……"

说到这里，鸟口看了一下美由纪。

"呃，就是变得过度亲密了。嗯……"

"怎么了？"

"我在斟酌措辞。这是无关性别的苦恼，因为有未成年人在场，同行的形容又相当露骨……"美由纪说"请不用在意我"，鸟口却表示"不能这样"。

"啊，对了……就是两人的身心都强烈地受到彼此吸引。"

"她们的关系，我大致上了解，不用详细说明。"

"太好了。"鸟口抹了抹狭窄的额头。

美由纪发现，鸟口似乎是鼻子很尖，才会看起来像狗。然后，美由纪想起是枝美智荣。她的绰号叫"小汪"。

"两人成为这样的关系，刚好……差不多两年。第一年就像是感情融洽的朋友。然后，老头子又登场了。他唠叨了十五年，招赘却怎么也不顺利。敏子小姐已经二十多岁，没有后路了。虽然我觉得二十多岁一点都不用急，但在以前的人眼中，算是徐娘半老了。"

"那我就是徐娘全老了。"敦子应道。

1　一九六三年日本杂志《女性自身》读者投票产生的名词，为日式英文。

"呃，不是这样啦。喏，像江户时代，武家的女儿十二三岁就嫁人了嘛。就是那种感觉。这叫时代错乱吗？"

"这确实是很类武士的作风。"青木说，"警界也有这样的人，其实我相当排斥。因为会让我想起从军生涯。"

"青木先生是海军吧？我是步兵，只记得走路和挖洞。总之，老头子强迫敏子小姐结婚，但敏子小姐不可能同意。一方强迫招赘，一方强烈抗拒，最后敏子小姐实在是精疲力竭，便向父亲藤藏坦白有心上人。"

"向藤藏先生坦白？"

"好像是。嗯，这是别人打听来的第三手信息，不能完全相信。然后，父亲觉得就算是自由恋爱，也要视对方的来历而定，可能不会是什么问题，搞不好是个乘龙快婿。所以，父亲表示看情况，可以帮忙向爷爷说情，想知道对方是谁……到这里的发展都还算平静，可是……"

"对方是同性……？"

"就是啊。"鸟口的眉毛垂成八字形，"唉，一般人肯定会大吃一惊吧。"

"事实上，很少有人能立刻接受吧。"

"无法接受的情况，通常会吃惊、困惑、试着说服，也可能闹僵，大吵一架。无论如何都无法接受，或许会断绝关系。但即使如此，顶多逐出家门，断绝往来。在天津家，父亲大概就是这种程度，老头子却不一样。"

"不一样？"

"说是……这个逆伦孽种，非处斩不可。"

"处斩？"

"就是字面上的意思。"

"是要加害敏子小姐？"

"那叫加害吗……好几个人目睹敏子小姐被祖父拿着日本刀追杀。那些目击者不知道缘由，但每个人都说老头子是认真的。"

"那是在恐吓她，叫她乖乖结婚吗？"

"不，约莫早已经过了那个阶段。不是在恫吓或发怒，而是不把敏子小姐当人了，所以要杀掉她。"

"杀？杀掉亲孙女吗？"

"没错，好像是真心要杀。"

"是认真的吗？"敦子似乎难以置信。

真的……有这种事吗？

因为和自己的想法相左，无法认同；因为无法认同，便要杀了对方……简直荒谬绝伦。这根本就是美弥子说的冒牌"天狗"。

完全不想理解，也不希望对方理解，丝毫不愿回心转意。

不。

不是思考方式，而是人生观的问题吗？事关……存在本身吗？

"不管再怎么压抑，对老头子的愤怒仍会滚滚涌上心头。虽然不晓得他有什么道理、有什么道德观，但他就那么恨亲孙女吗？不，有办法去恨吗？或者该说，被祖父恨成这样……会很受伤。"

"这……是啊。"

敦子伸出食指抵着下巴。

"天津小姐是因此⋯⋯才选择自杀的吗？"

"我是这么认为的。"鸟口说，"虽然有报道写成什么悲恋的结局、昭和双姝殉情，但并非如此。遭到亲人这般对待，当然会想不开。"

美由纪不禁陷入沉思。

美由纪也有祖父。她最爱爷爷了。

万一最敬爱的爷爷讨厌起美由纪，她会怎样？

不，不光是讨厌，如果想杀了她⋯⋯

绝对⋯⋯无法承受。

光是想一想，心就快碎了。

可是，面临这种状况，美由纪会想寻死吗？她吃不准。当然，应该会有让人痛苦到活不下去的状况。她也能想象得到，面对陷入这种状况的人，若轻飘飘地说什么"用不着寻死"，对方恐怕听不进去。

但美由纪眼下仍难以理解主动寻死的人的心情。

或许因为美由纪还是个孩子，未曾经历那般惨烈的境遇。

不，以美由纪这个年龄来说，她有过相当残酷的体验。简而言之，或许纯粹是因为她天生乐观。

"这样的情况，"鸟口接着说，"不仅仅是遭到亲人否定，难以承受而已。嗯，如果当时被杀，爷爷就会变成杀人犯，这才是玷污家声吧。既然如此，应该在那之前自我了断——不，爷爷那么了不起的人会如此生气，我果然不正常吧，我最好消失⋯⋯大概是这种感觉吧。噢，其中多少掺杂我的推测啦。失去恋人、以泪洗面的，反倒是葛城小姐吧⋯⋯"

"鸟口先生认为，天津宗右卫门先生是真的起了杀心吗？"敦子这么问。

"我认为是。"

"他是真的想杀死敏子小姐啊。"

"我觉得是事实。坦白讲，根本是疯了——这是附近邻居的说法。他一点都没有手下留情的意思，也不像在惩罚或训话，而是一边喊着'去死！给我去死！看我宰了你！'，一边挥舞着**大砍刀**，显然不是在开玩笑。实际上，有两三个插手制止的年轻人都受了伤。"

"年轻人……屋子里有年轻人吗？"

"毕竟天津家是从事土木建筑业的。"鸟口回答。

敦子的神情比在山上的时候更紧绷了。

难得蛋糕上桌，美由纪却完全尝不出味道。

6

"这话真是傲慢……"美弥子毫不退缩。

美由纪觉得所谓的毅然,形容的应该就是这种态度。

另一方面,敦子沉默地站在稍远的地方。大概是想静观其变吧,看起来极为沉着。

只有美由纪一个人的位置不上不下。

这里……是天津家的大厅吗?壁龛装饰着铠甲、甲胄之类,前方坐着一名长着鹰钩鼻的秃头老人。他一身和服,抬头挺胸,但也只是这样而已。不是魔鬼也不是蛇蝎,仅仅是普通的老人,一点都不像会想杀害亲孙女的人。

"你那是什么口气?"老人以非常普通的语调说。

"我平素便十分留意自己说话的口气,不晓得我有什么失礼之处?"

"狂妄的丫头。"老人的语调依然相当压抑,"不知天高地厚。一个女人,居然妄想站在对等的立场跟男人说话,光是这样,就是无知、无耻。"

"您说我们不是对等的?我想听听理由。"

"理由?可笑,哪有什么理由?根本不需要理由。你连这种天经地义的事都不懂吗?"

"世上没有任何规则的制定是毫无理由的。"

"浅薄!"老人不屑地说,"狗就是狗,哪需要什么理由?一生出来就是狗,没有任何理由。这是一样的道理。"

"您的意思是,女人天生就卑贱吗?"

"少在那里问些无聊的问题！"老人终于加重了语气，"女人就是女人。想想女人是为了什么而存在。想想女人能做什么。"

"女人什么事都可以做啊。"美弥子说。

"少自以为是了，女人能做的事就只有一件：生孩子。除了生孩子以外，你们活着有什么意义？还是，要炫耀你们会带孩子、会煮饭吗？那种事有佣人就够了。"

"什么……"

美弥子哑口无言。老人居高临下地看着她，继续道：

"不生孩子，甚至没办法侍奉男人、顾好一个家，根本没有活着的价值，不对吗？"

"我敬重您是老人家，所以不想顶撞，但我再也忍无可忍。你才是……"

"闭嘴、闭嘴，给我闭嘴！不要玷污我的耳朵。滚回去，滚！说是议员介绍，我才抽空接见……但我没空陪几个丫头胡言乱语。什么议员，八成是町人出身的暴发户。真是的，浪费我的时间。"

说着，老人就要摇晃手中的铃铛。

"请等一下。"

美弥子还想说点什么，敦子拦住了她，并开口说道：

"我们不是来谈这些的。如您所说，我们是丫头，不过事关天津家的名声。或许您不乐意，但能否借用一点时间呢？"

"名声？"老人嗤之以鼻，"天津家的名声，早就一败涂地。"老人的鼻梁上挤出皱纹。"天津家的名声，老早就扫地了。光是家里出了个跟女人苟合的无耻东西，名声就败坏光了。早早死去，还算是不幸中的大幸……"

"你这个……"

"筱村小姐。"

敦子微微摇头以示制止。

美弥子硬生生咽下满肚子怒气。

"敏子小姐过世，您有何感想？"敦子问。老人眯起眼睛，不屑地说：

"那种畜生死了是理所当然。这才是辱没门楣……"

"怎会……辱没门楣呢？"

"什么？你没长脑袋吗？不要让我说那么多次，当然是……"

"不是的。"敦子说，"我们都很清楚，您排斥同性之间的恋爱。"

"我排斥？蠢货，说什么蠢话！跟我怎么想无关，这是乾坤之理，是人世间的常识。什么女人和女人苟合？肮脏！如此劣行，绝不能放过。这种背离人伦和天理常识的家伙，就叫亡国妖孽，难道不是吗？"老人直视着正前方说道。

敦子像要拦住美弥子，从她的斜后方开口说道：

"您的想法我明白了。我的地位低微，加上没什么学识，当下无法判断您的意见在自然科学或社会学上是否正确，又是否符合人伦天理、社会常识。"

"连这么天经地义的事都不懂吗？那我跟你没什么好说的。反正你要说些不堪入耳的疯言疯语吧？听了只是浪费时间，弄脏我的耳朵。滚回去！"

"我很清楚接下来要说的话并不中听，"敦子应道，"也有会惹您不悦的心理准备，但我并不打算在此对您的想法提出异议。这不是我们的目的。如果就像您说的，敏子小姐是背离伦常、违反常识的亡国妖孽，假设是这样……如果真是这样，那么……"

不是应该加以隐瞒吗？敦子说。

"至少站在您的立场，考虑到光荣的天津家名声，依我的愚见，这并不是应该向第三者张扬的事。然而……这件事却弄得人尽皆知，为什么呢？我们是想请教这一点。"

"什么？"

"先不论是非对错，这是家中的秘密，不是外人能够知晓的吧？当事人敏子小姐已过世，除非有人刻意大肆宣扬，否则不会传开。为了避免一些嗜血之徒对故人诽谤中伤，这也是应该保密的事。"

"用不着你说，我也知道。"老人咬牙切齿地说，"全怪那群低劣下贱、贫嘴薄舌的家伙四处张扬，在八卦杂志什么的上面随便乱写。"

"那群低劣下贱、贫嘴薄舌的家伙，怎会知道这件事？"

"那是……"

"有人泄露出去吗？"敦子问。

"没有什么泄不泄露的，那群人就是靠别人的不幸混饭吃的吧？成天张大眼睛寻寻觅觅，闻风而动。那种低贱的家伙，就算没有火也能搞出一堆烟。"

"如果没有火，也就没必要灭火，但确实有火种，应该有办法在扩散之前扑灭。因为对方是下流……又低贱的家伙，对吧？"

"或许吧……你到底想说什么？"

"为什么不设法阻止消息泄露？府上的当家人甚至警告过警方，还派人监视敏子小姐的对象——葛城小姐。既然都做到这种地步了，应该没有下贱的八卦记者乘虚而入的机会。然而……内情全都走漏了。即使有人上门打听，不管是威胁还是利诱，有太多法子足以让对方闭嘴。"

"你不会自己去问那些记者？"老人说。

"我问过了。"

"什么？"

"我问过了，所以……才来向您报告。"

"啊？"

在美由纪看来，老人似乎稍微有些动摇了。敦子目不转睛地盯着老人的反应，她是在评估什么吗？

"若您不感兴趣，我们马上告辞……但我担心可能会留下不必要的祸根，才劳烦筱村议员牵线，前来打扰……不顾自己女人的身份，僭越冒犯了，很抱歉。"

敦子深深地躬身行礼。美由纪犹豫着是否该一起行礼，但见美弥子纹丝不动，于是只是上半身摇晃一下，意思意思。老人却望着毫不相干的方向。

"我们告辞了。"

"你说的祸根是指什么？"

敦子正要起身，老人总算主动提问。敦子于是止住动作。

"是。不过……此事有点难以启齿，可能会惹您不高兴。"

"没关系，说吧。"

敦子停顿一下，才又开口：

"向杂志记者密告令孙女敏子小姐的事的……是您的家人。"

"什么？少胡说八道，那种蠢话鬼才相信。如果你是来愚弄天津家……我可不会忍气吞声！"老人说着摆出架势来。

"我没有愚弄的意思。不过，我从多名相关人士那里听到一样的说法，实在无法置之不理……若惹您不快，我道歉。"

"我、我没有生气，到、到底是谁？"

"知道这个秘密的人应该不多。"

"不……敦子小姐，应该有不少人吧？"美弥子开口，"听说这位趾高气昂的老先生，挺着一身老骨头，手持凶器，追杀亲孙女。太不寻常了，这才是在向世人宣扬家丑吧？既然如此，邻里全都知道了吧？"

"不是的。"敦子说，"或许附近住户知道老先生曾有这样的举动，但恐怕没人知道他为何要加害敏子小姐。是杂志报道揭露之后……背后缘由才传遍大街小巷，对吧？"

"你刚才不是说了吗？不管是谁，都不会做出宣扬家丑这种愚蠢的行径。不过，如果我们一族里出了那、那种恬不知耻的东西，实在愧对祖先，绝不能让她苟活在世上。所以，身为一家之长，我才要负起责任收拾她。我打算在她丢人现眼之前，早早结束一切，可惜功败垂成。但就算是这样，谁会到处宣扬内情！"

"你……是真心想杀害孙女吗？"美弥子问。

"什么？混账，哪有什么真心不真心的？女人居然跟女人搞起邪恋，肮脏也要有个限度！简直荒唐！我绝不允许天津家的血统出现那种脏东西。这是天经地义的事吧？那种东西，除了杀掉以外，还能怎么处置！"

脏死了、脏死了、肮脏透顶！老人不停地说。

"连、连个儿子都生不出来，不知羞耻的没用东西！"老人边说边捶打榻榻米。

手边的铃铛倒了。

有一瞬间，老人望向铃铛滚开的方向。

敦子拦住滚动的铃铛。不知为何，老人显得有些狼狈，目光在半空中游移。

"怎、怎么？难道……你们也是吗？"老人怒吼。

不等美弥子开口，敦子便静静地说"请冷静下来"。

"当务之急……应该是查出危害天津家的人吧？因为敏子小姐……早已过世。"

"对，她死了。死了是理所当然。"

"那么，有没有人对天津家……不，对您怀有私怨？"

"私怨？太多了。"

"您心里有数，是吗？"

"跟你们这些女人不一样，男人是有敌人的。只要踏出去一步，全是敌人。输给我的人，每一个都恨我吧。"

"不是外人……而是亲人。"

"亲人？"

"也有无端怀恨的情形。"

"哼，那种人……"

"在您想收拾敏子小姐的时候，应该有人制止。否则您应该……已经亲手收拾掉敏子小姐。"

"敦子小姐？"

美弥子一脸讶异地看向敦子。

"没错。嗯,有年轻人拦住我。那伙人平日就血气方刚,但他们不知道内情,这也是没办法的事。"

"我明白了。意思是,若他们知道您生气的缘由……就不会制止?"

"废话。"老人回答,"有什么理由制止?他们不可能让那种丢人现眼的东西活下去。只要是正常人,就不能制止。"

"这样啊,制止的人都不知道内情。那么……果然错不了。"

"什么错不了?"

"这样的话,密告者只剩下一个人,不是吗?"

"咦?"

老人的右手拨弄着榻榻米。

"那就是当家人……藤藏先生。"

"哈!"老人笑了出来,"开什么蠢玩笑。"

"这不是玩笑话。对于府上内情泄露的经过,我感到十分可疑,向好几名杂志编辑求证过。首先,前些日子,有几家杂志社接到电话,对方**预告将会出事**。记者半信半疑地去到现场,发现正如预告所说,发生了骚动。有证人说,现场有个用手巾包住头脸的四十多岁男子,附耳告诉他们自杀者的身份。"

"用手巾包住头脸?"

美由纪觉得似乎在哪里听到过。

"你是说,那个人就是藤藏吗?"

"虽然没有确切的证据,但后来有很多记者在进行采访时,发现冷冰冰地拒绝谈话的藤藏先生,和那名提供情报的人外形非常像，怀疑是同一个人。"

"不可能。"老人说。

"对，我也想过有可能是别人假冒成藤藏先生，但……似乎并非如此。"

"不、不可能是藤藏，真是胡说八道。况且，藤藏干这种事有什么好处？你们这几个家伙，不是故意找碴，想勒索钱财吧？"

"不是的。"敦子大声澄清，"因为这或许不光是天津家的问题而已。视情况，天津家的名声……很可能遭到更进一步的诋毁，所以我才会求见您，而非当家的藤藏先生，希望亲自确认。您能否理解呢？"

"这种话如何教人立刻相信？蠢货！"老人说到后面，口齿已经含混不清。

"我们也是一时无法置信，才会前来确认。正因为是不可能的事，倘若属实，问题就严重了。那么，您知道敏子小姐过世前后，藤藏先生的行踪吗？"

"什么？这未免太无礼……"

"我清楚自己很无礼，但还是得请教。"

"凭什么我要告诉你们这种事……"

"如果您知情，却无法告诉我们，只能交由司法处理。我们告辞后，将不得不立刻报警。"

"报警？"

老人转动了两三下脑袋，像在东张西望。

"干、干吗报警？……谁、谁犯了什么罪吗？如果有罪，一定是敏子。那个不知廉耻的东西是天津家的耻辱，但敏子早就已经死了。"

"敏子小姐没有罪，我们要告发的是藤藏先生。"

"藤、藤藏做了什么？就算把家丑告诉下贱的八卦记者的是藤藏，根本也称不上什么罪啊。虽然要是真的……他就是疯了。可是，没有限制这种事的法律！"

"无论如何您都无法配合吗？"

"废话！凭什么要我配合你们这群不晓得哪里来的黄毛丫头？不知天高地厚的蠢货，女人少在那里大放厥词。我、我没空陪你们这几个蠢笨的丫头胡乱妄想。荒唐，简直荒唐！"

"这样啊。"

敦子再次深深地躬身行礼，随后站了起来。

"既然如此，也无可奈何。接下来我要前往警视厅，告发天津藤藏先生涉嫌杀人。"

"什么？"

"敦子小姐！"

美弥子抬头看向敦子，美由纪也说不出话来。

"敦子小姐，杀人……"

"杀人就是杀人，筱村小姐。原本我期待从这位老先生口中得知更详细的内情，或许能扭转这样的推测，但看来行不通。因为他似乎认为，这只是女人肤浅的想法。可这是一起杀人命案，无论如何不能放过。不管在任何文化、社会当中，杀人都是重罪，这是乾坤之理、人世间的常识，警方一定会替我们问清楚。"

"胡、胡扯什么！你这个大混账！敏、敏子是自杀。我不知道她是对自己的愚蠢感到羞耻，还是想贯彻畜生的天性，总之，她是自己上吊死的。难道你要说那场上吊……不是自杀吗？你要说是藤藏杀了她吗？"

"是的。"

"你、你有什么证据……"

"只要有心，绝对不愁找不到证据。只是，目前……什么都没有。"

"啊？"

"目前警方并不认为这是一起犯罪案件，因此完全没进行调查。不过，只要调查……必定能陆续找出罪证。"

"哪、哪有这么刚好的事……"

"一点都不刚好，反而很不巧。"

"不巧？"

"对，所以我才认为事态紧急。时间一久，原本能找到的物证会逐渐消失，视情况，也有灭证之虞……"

"不、不不不，我可不会上当。即使……即使真是如此，假设真的是藤藏杀了敏子，倒是不打紧。"

"什么不打紧……"美弥子皱起眉头，"你知道自己在说什么吗？什么不打紧，这可是杀人！而且是血亲杀人！中禅寺小姐是在说，你的儿子杀害了你的孙女、他的亲生女儿！"

"所以，我不是说过好几次了？那种丢人现眼的东西，杀了最好。她就是该死。不管是犯法还是杀害亲人，该做的事本来就非做不可。原本是我要动手，如果真的是藤藏下的手，他就是担心我这个老父，为女儿的愚蠢感到羞耻，代替我宰了她。他杀了本来就该杀的东西，我还想称赞他呢！"

"你、你这个……"

美弥子想站起来，敦子按住了她的肩膀。

"不管杀掉的是怎样的人渣，杀人就是犯法，所以藤藏想必周全地考虑过了吧。他干得很好。可是，天津家的男人会玩这种小伎俩，我可不敢苟同。如果要动手，应该堂堂正正地了结她。我一点都不怕被问罪。即使会被打进大牢，该贯彻的大义也该坚持到底。如此一来，根本没有你们这些丫头……"

"不是的。"

"哪里不是？"

"老爷子，您搞错了。"敦子说。

"搞错什么？一点都没错。女人和女人之间……"

"不是的，藤藏先生杀害的**不是**敏子小姐。"

"咦，他杀的是那个诱骗敏子的狐狸精吗？听说她在某座深山腐烂了、死掉了……"

"这、这说法太过分了！"美弥子十分愤慨。

"怎么回事？藤藏杀了那个女人吗？确实，但凡敏子没认识那个女人，便不会堕入那种畜生道。那个女人等于是他女儿的仇人。原来是复仇吗？我懂了。既然如此，一样合情合理。藤藏是杀了她，把她扔到某座山里了吧。这样的话，也……"

"所以我说，不是的。"敦子走到老人面前，"老爷子……不，宗右卫门先生，您有严重的误会。"

"什么？我……"

"听好，藤藏先生杀害的，不是敏子小姐，也不是葛城幸小姐。他杀害的……"敦子说到这里，顿了一下，看向美弥子，那眼神极为哀伤，"藤藏先生杀害的，是和天津家毫无关系的两名女子。"

"毫无关系？"

"没错。您的儿子，天津家的当家人天津藤藏先生，疑似……杀害两名与府上非亲非故的女子。"

老人的神色沉了下来。

"什么意思？你在说什么？你说藤、藤藏杀了谁？少胡扯，藤藏没道理杀害无关的人。果……果真如此，她们一定是活该被杀的人渣……"

"不对。"

"不对？"

"世上没有活该被杀的人。藤藏先生下手杀害的，是原本不会死、也不应该死的善良女孩。其中一位是……是枝美智荣小姐。"敦子宣告。

"敦子小姐！"美弥子睁大了眼睛，"敦子小姐，你……"

"筱村小姐，很遗憾，这似乎就是真相……"

"这样吗……"

这是早已预料到的情况，而且一次又一次被提出。但从来没明确断定。

美弥子闭上眼睛，低下头。

老人的眉间挤出深深的皱纹，他问道：

"你、你说谁？"

"是枝美智荣小姐。然后，另一位是……秋叶登代小姐。"

"这又是谁？"

"是枝小姐是这位筱村小姐的朋友，兴趣是登山。秋叶小姐是小学老师，很受学生爱戴。"

"我、我不认识这两个女人。"

"因为她们都是和府上毫无瓜葛……完全无关的他人。"

"杀这种人做什么？反正一定是些低贱的女人吧。"

砰！忽然传来一声巨响。

是美弥子拍打榻榻米。

"我不允许你再继续侮辱人！"美弥子大声说，"是枝美智荣才不是什么低贱的女人！她是个前途无量、阳光开朗的女孩……是我重要的好朋友！"

"朋友？反、反正一定又是女人跟女人乱搞……"

这时，响起一道异质的声响。

老人收住了话。是敦子摇晃了一下手上的铃铛。老人的视线游移起来。与他攻击性十足的话语相反，那双混浊的眼睛蒙上不安的阴影。

"老爷子，您最好适可而止。"敦子冷静地提醒道，"人的忍耐是有限度的。"

"啰、啰唆！藤藏干吗非杀素昧平生的女人不可？我不知道你是在胡乱臆测还是在妄想，这根本是无凭无据的诽谤中伤！小、小心我宰了你！还是，你有什么说法？有的话你说说看啊！"

"当然是为了调包，取代敏子小姐和幸小姐。"

"调包？"

美弥子再次仰头看着敦子。

"对。除此之外，没有其他解释了。请教一下，您是否**并未亲眼看到**敏子小姐的遗体？"

"看那种脏东西做什么！"老人不屑地说，"跟女人苟合的畜生，我才不当她是亲人。那种辱没天津家名声的孽障，死在外面是理所当然的，谁管她！没举行葬礼，也没让她进天津家的墓地。我叫藤藏把她的尸体扔到山上，不过藤藏说什么就算是孽障畜生，死了就成佛了，应该是埋在哪里了吧。想必她早就成为孤魂野鬼了。"

"咦？"

那么——

美由纪总算理解了敦子的意思。

那具遗体……

上吊的人。

"您说的那个孤魂野鬼，其实是枝美智荣小姐。"

"这太荒唐了。"

"真的很荒唐，但您没亲眼看到吧。明明是亲孙女的遗体。"

"所以说我没看！"

老人就像闹脾气的孩童，用拳头捶打起榻榻米来。敦子哀伤地看着那副模样，轻声低喃着"太遗憾了"，接着说下去：

"如果您仔细看……应该会发现异状。不过，藤藏先生早就料到您不会看。但即使不看，还是有可能起疑。藤藏先生向杂志记者和报社透露同性恋者殉情的消息，想必是希望他们大肆报道。为了让您……相信那就是敏子小姐。"

"怎、怎么……不，那就是敏子。"

"但您没亲眼看见吧？"

"不用看我也知道。这太离谱了。"

"如果没亲眼看见，就无法确定。虽然您看了……或许也看不出来。"

您的视力相当糟糕——听到敦子的话，老人别过脸去。

"依我观察，您的视力已相当衰弱。从您刚才的反应来判断……恐怕几乎已失明。"

"跟你无关！关你什么事！"

"是吗？听说您早年修习示现流。众人皆表示，您**以前是**剑术高手，然而，您为何无法成功砍杀敏子小姐？原本以为您不是真心动手，或是亲情阻止您下手，但看来您是真想杀掉她。"

"没错，我是认真的！"

"那么，您应该不可能失手。可是，您却伤了四个原本在场或后来前来制止的年轻人。简而言之……您没砍到目标。"

"闭嘴！"老人再次捶打榻榻米。

"如果是砍到进来制止的人也就罢了，但您连只是待在现场的人也砍伤了，不是吗？而且，伤口都很浅。"

我打听过一些信息——敦子说。

"他们不是为了阻止，突然冲进去而被砍伤，也不是碍事而挨刀，但又感觉并不是您手下留情。"

"所、所以呢？"

"其实是您看不清楚，胡乱挥刀，才不小心砍错人，是不是？"

"别、别说得一副你很懂的样子！那……"

"您看不见，对吧？"

"看不见又怎样！"

"因此……"

敏子小姐应该还活着——敦子说。

"敏子？还活着？"

"对。"

"胡说！"

这时，背后的纸门被人粗鲁地打开。

回头一看，门口站着一名穿翻领衬衫的男子。他略为稀薄的头发蓬乱，双眼充血。

"少在那里胡扯！死了，敏子死了。她早就死了啊，父亲大人。您千万不能听信这些不晓得打哪儿来的下贱女人造谣。敏子在山里上吊死了，遗体已送去火葬场火化，才不是什么非亲非故的女人。这种女人说的话……"

男子——应该是藤藏——想靠近敦子，美弥子挡在敦子前面，她在仔细打量了藤藏的脸后，扬起下巴。

"做什么？让开，女人！"

"我不让。你是藤藏先生，对吧？就是你……杀了美智荣小姐吗？"

"什么？"

"请等一下，筱村小姐。"敦子劝阻美弥子。

美由纪只是坐在原地看着，因为她还搞不清楚状况。

"藤藏先生，您……非常惧怕令尊吧？"

"什么？"

"令尊放话说无论如何都要杀死敏子小姐……为了避免造成人伦悲剧，您才继续演出这场闹剧，对吧？"

"敏子早就死了。"

"她没死吧？她应该还活着。如果这件事曝光，毫无疑问，这位老先生绝对会杀害敏子小姐。不管她在哪里，都会把她找出来，一刀砍死……您是这样想吗？不，您是觉得自己因为保护敏子小姐，也会被杀吗？"

"你、你在说什么……"藤藏后退了几步。

"您不忍心眼睁睁看着父亲沦为杀人犯吗？还是舍不得女儿？不，您是痛恨祖父杀害孙女这种无可救药的丑闻吗？万一演变成这种局面，别说名声受损，天津家等于是完了。但最关键的是……"

您害怕令尊吧？敦子说。

"依街坊邻居的描述，挥舞日本刀的老先生，简直就像魔鬼。可是……"敦子望向老人，"这位老先生……再也不可能找出敏子小姐，砍死她了。虽然是第一次见到他，不过我马上就看出来了。您和令尊一直住在一起，却没有发现吗？"

"你、你知道什么？父亲大人……"

"他只是个老头子。"美弥子说，"不，不只是个老头子，还是烂透的老头子。是时代错乱的化石，是不求知、不思考，烂到不能再烂的女性歧视者。"

"你竟敢口无遮拦！"

藤藏怒不可遏，但没有行动。老人气得双肩上下起伏。

美弥子将目光转向老人，继续道：

"我说的是实话。怎样？你生气又能拿我怎么样？现下我真的是在愚弄你。"美弥子说着站到老人的正前方。

老人默默地抬起头，紧握的手在颤抖。

"你可以生气。就如同字面所形容的那样，我正居高临下，鄙视着你。我瞧不起你。"

"你、你……这个暴发户的……"

"什么？你才是暴发户，老东西。不，你甚至不曾发迹。你根本没什么了不起。不过就是靠着同乡、藩阀之类可怜巴巴的人脉，汲汲营营地赚点小钱……你只是个小人物。"

"混、混账，你敢侮辱武、武士……"

"没有什么武士。"美弥子反驳，"你不紧抓着家声、血统、资产那些微不足道的玩意儿，连站都站不起来。而且还仗着性别欺压人，简直难看透顶。这种没胆量、没器量的人，我打心底瞧不起。不管是男是女，或非男非女，都毫无关系。就算没有任何地位、名声，人还是能独立生存。因为……"

人就是人——美弥子说。

"活着本身，就值得骄傲。然而，你们却挥舞着一堆空泛无用的东西，想骑到别人的头上。你们不这样做就站不起来。这根本是猴子的行径，只会制造麻烦。"

老人抬着头，僵在原地。

"被女人嘲笑，很不甘心吗？要用你自豪的那个什么流砍死我吗？好啊，但我应该不会输给你这种没脑袋又弱不禁风的老人。"

"你、你这个臭女人……"

老人仿佛竭尽全力才勉强挤出这几个字。

"还是不肯改口吗？好，既然你无论如何都想论一论男女，那我就告诉你：你是男人里的败类！如此谩骂年长者，实在有违我的本意，不过……败类就是败类！"美弥子说。

"害怕这种败类的你，更是败类！值得唾弃！"美弥子又指着藤藏说，"美智荣小姐居然死在讨好这种败类的败类手中吗？这教人情何以堪？好朋友惨遭毒手，我实在很想哭，却流不出半滴眼泪。因为我的心中充满愤怒……根本哭不出来！"

藤藏说不出话。

"怎么了？那是什么态度？奇怪，怎么不像平常那样摆臭架子逞威风？我是你们平素最瞧不起的女人。被这样的女人说得那么难听，怎么连句反驳的话也没有？这副老骨头甚至连站都站不起来，可真威风啊。"

"我……"

"什么？除了生孩子，女人别无用处，是吧？所以，不生孩子的女人没有用，没有用的人杀了也无所谓，是这种道理吧？同性互相吸引是罪恶？没错，毕竟同性没办法留下子孙嘛。你说什么？恬不知耻？孽障？畜生？你们……"

真是够了！美弥子怒吼。

"那么，说说你们到底有什么贡献？无耻的孽障畜生是你们才对！这个……杀人凶手！"

"杀人凶手……"

"可不就是杀人凶手吗？"

仿佛遭到美弥子那句"杀人凶手"的重击，藤藏跪了下去，颓然坐倒。

"不是的……"

"哪里不是？任你怎么辩解，杀人凶手就是杀人凶手。"

"不是的、不是的……"藤藏说着说着上身前倾，抱住了头，"我是……想救人……"

"救谁？"

"我……"

"你什么人都没救到。你只是杀人而已。"

"我……我只是想帮忙……"

"帮忙？"

"帮敏子小姐和幸小姐，对吗？"敦子蹲下身，对藤藏说道。

藤藏低垂着脑袋，点了点头。

"藤、藤藏！你这小子……"

"人渣可以闭嘴吗？"美弥子转瞬间便打断了老人的话，老人陷入沉默。

"怎么回事？"美由纪总算出声。

"在本人面前解释也很怪……但这位藤藏先生应该是为了救敏子小姐和幸小姐，才会想出这个糟糕透顶的计划，对吧？"

听到敦子的话，藤藏再次点头。

"所以，是怎样的计划？"美弥子问。

敦子把目光转向藤藏，藤藏只是僵在原地。

"首先……他挖出一个大坑洞。"敦子说。

"坑洞？是那个陷阱吗？我们在高尾山跌落的坑洞？"

"对。茶馆大婶说的用手巾包住头脸的四十多岁男子，应该就是这位藤藏先生。向杂志记者通风报信的，也是包住头脸的男子……对吧？"

藤藏把身体缩得小小的，并未应话。

美由纪还记得茶馆大婶说，蒙着头脸的男子上过好几回山。

"他曾去勘察过很多次吧。然后，他找到再适合不过的地点——那棵大山樱，还有洼地。不过，也可能是发现那个地点后才想出这项计划。这不重要。接着，几天后他在公司年轻人的协助下挖好那个坑洞，确切地说，是指挥他们挖洞……对吗？帮忙的应该是被宗右卫门先生砍伤的那些人吧？"

"他们与这件事无关。"藤藏抱着头，几不可闻地说。

"嗯，挖坑的那些人，恐怕不清楚详细的计划，也不知道挖坑的目的吧。从这种意义上来说，他们或许是无关的。"

藤藏依然不回应。

"咦，他们什么都不知道就帮忙吗？唯命是从？一般情况下，人会糊里糊涂就去挖坑洞吗？该不会骗他们是什么工程？"美由纪问。

"这是我的猜测，藤藏先生估计是以制止老爷子的粗暴行径的名义，要他们帮忙吧。那些人很受不了拿着凶器发飙的老人，况且还被他砍伤。幸好只是轻伤，但万一有个差错，可能会赔上性命，所以无论如何都希望藤藏先生阻止他吧。"

"不不不，挖坑洞和阻止老人有什么关系？"美由纪说，"是什么咒术吗？在山上挖坑洞，就能阻止老人发飙，这么没道理的事，连我这个小孩子都不会相信。"

"不是的。"敦子解释道，"藤藏先生大概……是暗示他们，这是为敏子小姐自杀做准备。只要敏子小姐不在了，宗右卫门先生便不会再动粗。"

呃，这……

"一般人听到这种理由，会答应吗？人命关天耶？想到可能是在协助自杀，不会罢手吗？"

"是啊，一般人应该会罢手，但这位老爷子会拿着日本刀发飙，几乎天天上演砍人戏码。他们蒙受池鱼之殃，和自己的性命放在天平上一衡量……会怎么做？而且，我猜只是暗示，并未明说……对吗？还是，您给了他们一笔优厚的报酬？"

藤藏不发一语。

"茶馆大婶提到像国民服或军服的服装，约莫是相同款式的工作服。毕竟他们的本行是土木建筑业。"

这么说来，上门造访时，屋前聚集好几个穿着那种服装的人，看上去也有点像军人。

"至于挖掘的工具，就像青木先生推测的，是旧陆军使用的小圆匙吧。如果其中有五六个在军队挖过战壕的人……工程本身应该用不了几天。不，或许是趁着天色未明的时候上山，一天解决。不管怎样，拟定计划、下达指示的，都是这位藤藏先生，对吧？您自己应该没有参与挖坑的工作，只是在完工后验收吗？"

然后……

"陷阱完成了，所以……隔天早上，您要敏子小姐出门，对吧？"敦子说。

"不，我还是有点不懂。"美由纪说。

"是安排她离家去别处。确切地说，是催促、引导她这么做吗？"

"引导？"

"这个人已打点好一切。对吧，藤藏先生？"

"离家……接下来呢？"

"这我就不知道了。"敦子说。

"那遗书呢？"

"至于那张字条是否就是当成遗书写下的，我认为相当可疑。我要去山上——这样的文字，像是遗书，也不像遗书。大概是他要敏子小姐本人写的吧。"

"他要敏子小姐写的？女儿也对他唯命是从，什么话都照做吗？因为是父亲的命令？"

"不是的。我想是因为……他向敏子小姐保证她的安全。他应该是以敏子小姐往后的人身安全为交换条件，吩咐她离家，也就是……"

放她逃走了——敦子说。

"和葛城小姐一起。"

"一起？这……"

"您让女儿和她的情人活着逃走了，对吧？"

"没……没错。"藤藏回答。

"敏、敏子还活着吗？"

老人挤出声音说完，身体一歪，右手停在半空中。

"我不知道您是如何让两人逃走的。但敏子小姐和幸小姐，**都没有上**高尾山，对吗？"

"那……"

"那天，登上高尾山的不是天津敏子小姐，也不是葛城小姐，而是这位藤藏先生。您趁着黑夜让敏子小姐离开家后，接着前往葛城小姐的住处，也让她逃走了。您应该事先交代过葛城小姐，要她准备随时动身逃走。然后，您搭乘第一班缆车上山，对吧？"

"这、这是为什么？"

"因为这个人……要在高尾山寻找两人的替身。"

"替身？相似的人哪有那么容易找到？虽然之前去的时候，人确实蛮多的……"

"没必要长得一模一样。虽然老妇人确实不合适，但我想年纪关系不大，完全是外表的问题。而且，只要身材相当，发型相似就够了。毕竟不管别人说什么，只要亲生父亲说是……"

那就是本人吗……？

"没错。然后，这时……"

是枝美智荣上山了吗？美由纪没见过天津敏子或是枝美智荣，但听说两人的身高和年龄差不多，发型也相近。茶馆大婶说，两人长得完全不像，但相亲照中的气质十分接近，几乎让人混淆。

所以——

"藤藏先生立刻盯上是枝小姐，引她落入那个陷阱，对吗？"

藤藏浑身紧绷。

"先出现的是美智荣小姐吗？"美弥子问，"秋叶小姐好像也在同一时间上山。"

"是啊，"敦子回答，"大家都知道，包括香客在内，上山的人形形色色，年轻女子并不算多。这种情况下，是枝小姐和秋叶小姐搭乘同一班缆车上山，对藤藏先生来说，实在是千载难逢的好机会……不，对遇害的人来说，只是不幸的巧合，时机坏到不行。"

真的坏到不能再坏。

"所以几乎是同时盯上两人……"敦子看着藤藏说，"在藏藤先生的计划中，最重要的应该是首先找到敏子小姐的替身。由于一大清早就放走了敏子小姐，并要她留下类似遗书的字条，已经没有退路，所以必须在这天迅速找到替代的女子，对吧？"

需要女子……

代替敏子小姐去死。

不，是通过杀害她来代替敏子小姐吗？

"我想，是枝小姐和秋叶小姐，不管哪个都可以吧。只是……是枝小姐和敏子小姐一样，是一头短发，所以您挑选了是枝小姐，对吗？"

藤藏没有回答。

"关于发型，您应该是觉得总有办法吧。短发没办法留长，但如果是长头发，剪短就行。即使剪得有点糟，也不是什么大问题。因为需要的只是类似的尸体。不过，是枝小姐刚好可以省去剪头发的麻烦，十分方便，于是锁定她，对吗？"

藤藏依然保持沉默。

"秋叶小姐的穿着打扮，一看就是个香客，想必会去寺院。是枝小姐则一身登山客装扮，无法预料她会往哪一条路前进。她真的会经过前往琵琶瀑布的岔路口，再走到森林的入口吗？即使会，也不知道是什么时候。视情况，或许她根本不会行经森林入口。如果不是在那里，就没有办法巧妙地将她引诱到陷阱那里了，对吧？"

原来是那个地点吗？

"您趁是枝小姐向茶馆借用洗手间的机会锁定她，沿途埋伏，尾随在后。接着，是枝小姐往琵琶瀑布的方向前进，方向是对了，但如果她去了瀑布，就不会经过那个地点。幸好是枝小姐没去瀑布，只是经过通往瀑布的路。所以，您在坑洞所在的森林入口赶上她，并叫住她，对吗？"

美由纪想起那个地点的景色。

"我不知道您是如何从那里将她引诱到陷阱的，但……应该是借口同伴掉进坑洞里，希望她帮忙，是吗？"

藤藏一声不吭。

美弥子目不转睛地盯着藤藏。

"她……"美弥子开口道，"美智荣小姐发现有人遇到困难，一定会伸出援手。她认为这是理所当然的事。她就是这样的人。所以，只要装出为难的表情，她很有可能不会多问，马上热心地跟去帮忙。"

美弥子压抑着情绪说完，从藤藏身上移开视线。

"因为小汪虽然文静，却古道热肠、乐观开朗，有点爱凑热闹。"

敦子悲伤地看了美弥子一眼，接着说道：

"不管怎样，只要把人带到坑洞的斜坡处，跟着一把推落，或是丢进去……如果她探头查看坑洞，从背后一推就够了。一旦她滑落，便无法自行脱困。"

没错，会出不去，和美由纪一样。

"藤藏先生，接下来您是怎么做的？"敦子问，"那个坑洞远离游客路线，就算大喊大叫也不会被听见。万一有人听到声音，前去查看森林，也看不到人。因为不仅有树木遮挡，一般人也不会想到那种地方居然有个这么深的大坑洞，能让整个人掉进去。"

根本无从想象。

美由纪滑落时，也完全搞不清楚状况。

"可是，如果是枝小姐持续吵闹……或许会有人闻声而来。那样就麻烦了，所以……藤藏先生，您是怎么做的？"敦子再次问道。

藤藏只是沉默地缩着身子。

"您当然准备了方便上下坑洞的绳梯吧？想必您立刻就下到坑洞里去了。然后，您对是枝小姐做了什么？"

藤藏瞪着敦子。

"您让她丧失意识了……对吧？但即便您让她昏迷了，想来应该也不是使用药物。您精通武艺，所以不是重击她的咽喉，就是殴打她的心窝，或压迫胸膛……"

"我……"

藤藏只说了这些。

不，他只说了这个字。

敦子霎时露出凌厉的目光，望向藤藏。

"用某些方法致使是枝小姐昏迷后，您脱下她的衣物，让她穿上从敏子小姐的房间随手挑选的衣服。"

这就是……交换衣物吗？

敦子看了美由纪一眼，补上一句"确切地说，并非交换"。

虽然没说出口，但美由纪应该流露出了一脸的疑惑。确实，不是交换，只是被穿上衣服。

"我到处询问搬运遗体的警方人员和当地消防团成员，他们都认为不管怎么想，过世的女子穿的衣物都实在太奇怪。不管是自杀，还是私奔，都不可能穿成那样离家。如果一时冲动奔出家门，身上或许会是平常的衣物，但感觉也不像。当然，因为不是登山装，所以在山上会格外引人注目，然而却没有任何人目击到生前的她。不，更重要的是……"

搭配的品位太古怪了——敦子说。

"大红色的夏季短袖线衫，外罩桃红色的厚羊毛开襟衫，下半身是薄料子的鼠灰色裙子，赤脚穿外出皮革短靴，而且是深绿色……该说完全不搭吗？我觉得是很难想象的选择。此外，别说皮包了，没有任何随身物品，连钱包都没带……"

"是那么古怪的穿搭吗？"美弥子的脸颊一阵抽搐。对服装毫不讲究的美由纪没什么感觉，却也知道季节感完全不对。

而且……一点都不美吗？

"换掉衣服后，您……"杀害了是枝小姐。

您杀了她，对吧？——敦子说。

"您将从家里带出来的敏子小姐的和服腰带绑在一起，打成绳结，套上是枝小姐的脖子……"

把一个无辜的……

"您爬出坑洞后——"

把一个毫无关系的人……

"将绳索挂上树枝——"

伪装成上吊……

"使尽浑身的力量……拉上来。"

"她那时候还活着吗?!"美弥子不禁大叫,"美智荣小姐是活生生被吊死的吗?被这个人吊死的吗?"

"她应该已经昏迷了,但应该还活着。因为如果有外伤,警方不会立刻断定是自杀,不论身份都会验尸。"

"太残忍了……"

太残忍了!美弥子说。

"你……你把我的朋友当成什么了?不,应该说你把人命当成什么了?还是,你觉得女人杀了也无所谓?是这样吗?祖先是武士,杀人就能免责吗?"

"真的很残忍。"敦子深有同感,"太残忍了。根本不是见树枝底下刚好有坑洞才上吊的——完全不是这么回事。而是为了把人从坑洞里吊上来,才刻意挑选在树枝正下方挖洞。"

是名副其实的陷阱吗?

"坑洞边缘那枚极深的脚印,是藤藏先生的吧?恐怕是在把是枝小姐吊上来的时候踩出来的。若非承受两人的重量,脚印不会陷得那么深。"

原来如此。

那枚脚印,比感觉颇有分量的小金在把美由纪和美弥子拉上去时造成的脚印还深。

美由纪和美弥子是拉着绳索爬上斜坡,小金和敦子只是辅助而已。连扭伤脚的美弥子,都能在某种程度上借助自身的力量往上爬。可是……

失去意识的美智荣，就只是垂直地被往上吊。当时引起敦子注意的树枝上方的摩擦痕迹，就是把美智荣吊上去时造成的吧。如果是一般的上吊方式，不管再怎么摩擦，也不会造成那样的痕迹。

话说回来——

是枝美智荣当时真的毫无意识吗？

即使没有意识，也够残忍了。想到万一她在被吊上去的途中醒转……美由纪感到难以承受。听说，绞刑是让受刑人往下掉，绳索会在一瞬间勒断脖子。但如果是一点一点地被吊上去……

实在不敢想象。

"您拉扯绳索，将绳索绕过树干，紧紧绑住，就这样……完成一具上吊尸体。我猜，这个过程比想象的更快结束，对吧？"

藤藏以一种微妙的眼神看着敦子，仿佛在说无法理解。

"您本来预估最短也得花一小时，实际上连三十分钟都不到……对吧？"

"你、你怎么……"

看来，真的就是如此。

"因为秋叶小姐啊。"敦子说，"您贪心起来，想着如果来得及，就把刚才盯上的另一个女人……也抓走。"

"什么意思？"美弥子问，"是要……当葛城小姐的替身，对吧？那么，这个人一开始就是打算布置成殉情吗？"

"我想不是的。"敦子说，"将是枝小姐伪装成敏子小姐，是办得到的，只要这位藤藏先生在认尸的时候宣称是女儿就行。但葛城小姐就不适用了。葛城小姐似乎没有近亲，但远亲还是有

天狗　245

的，而且她本人又是上班族，有公司同事，一定会进入认尸的程序。如果是别人，事情绝对会败露。"

"这是当然的。"美弥子说，"如果……是一般的遗体的话。"

"对，所以有必要动些手脚，让遗体变得不一般。"

"动手脚……"

"就是拖延被发现的时间。"敦子解释，"为了避免查出身份，必须让遗体的外表变得无法辨认。但毕竟要伪装成自杀，就不能烧毁或肢解，也不能埋起来。因为目的不是杀害，而是取代，若遗体没被发现，就失去意义了。但马上被发现，就无法达成目的。所以，要尽量拖延被发现的时间，最好是在化成白骨之后……就是这样，对吧？"

"所、所以才弃置在远方的山中？"是迦叶山吗？

"对。然而，如果永远都没被找到也不行，那就跟埋起来没两样了。因此，必须是有人会去，但不会马上被发现的地点。除此之外，即使遗体被发现，查不出身份也没意义。于是，在现场留下应该是事先保管的、装有证明葛城小姐身份物品的皮包……对吗？"

藤藏没有回答。

"原本应该是计划在其他地点寻找替身，再动这些手脚。"

"本来是其他地点吗？"

"对。至少在高尾山上绑架女人，应该并无意义。为了动手脚，必须让人下山。在山上抓人，意味着必须带着那个人下山，我认为风险极大。"

这是反复验证过的事实。

"可是……"敦子说着望向藤藏,"计划顺利成功,您便胆大起来了吗?还是,得意忘形?"

藤藏抬起头,瞪着敦子。

"参拜寺院神社和登山不一样,不用花多少时间。原本应该根本来不及,但事情总有个万一。您急忙前往净心门或是茶馆一带,秋叶小姐可能会经过的地方,抓住刚好结束参拜准备下山的她,借由某些手段,引她到陷阱所在的地方,推她进坑洞,对吧?还是,直接把她丢进去?"

"不对!不是的,不是那样的!"藤藏总算出声了,"那个女人……她是自己跑过来的,然后……"

说到这里,藤藏看了一眼沉默的父亲,再次噤声。

"是这样吗?秋叶小姐与其说是信仰虔诚,倒不如说是把参观神社佛阁当成兴趣,所以可能打算在山上走走。那么,这真正可以说是不幸的偶然吗?"

"敦子小姐,"美弥子唤道,"或许是偶然没错,但让偶然变成不幸的,是这个人。"美弥子恶狠狠地瞪向藤藏。

"没错。"敦子遗憾地说,"正是这位藤藏先生剥夺了秋叶小姐的人生。然后呢?您又杀人了吗?因为得把她背下山,万一她大声呼救或挣扎就麻烦了吧?但扛着尸体下山更困难。您并没当场杀了她吧。那么是让她昏迷了吗?不管怎样……您都是夺去了她的自由。"

您对她做了什么?敦子以有些严厉的语气逼问。

"秋叶小姐不是进香团成员,却戴着斗笠、穿着白衣,相当特别,很容易引起注意。事实上,茶馆的大婶也记得一个人上山的秋叶小姐。无论如何，不能让她穿着一样的服装。即使她原本的服装不那么醒目，可是为了把她运下山，得尽量避免引人注目……"

"啊，所以才！"原来是这么回事吗？

"所以才替她换衣服吗？"

"想必是如此，因为应该是多出了一套衣物。"

"啊，是从美智荣小姐身上脱下的衣服吗？所以才……"这就是另一次的交换衣物吗？

不……这次也不是交换吗？

"藤藏先生，没错吧？不管问什么，您似乎都不愿回答……但如果不是这样，**数目就不对了**。失踪的女子共有四名，尸体有两具，找到的衣服有三套。秋叶小姐的衣物被丢弃。那么，在这个阶段，多出来的就只有美智荣小姐的衣物……对吧？"

"够了。"

真的够了——藤藏说。

"如同你所说的，我把绳索绑在树干上的时候，在树荫下发现那个女人的身影，不知道她是来干吗的。我慌忙躲起来，但上吊的尸体想藏也没办法藏，所以祈祷她快点离开，她却一直往这边来。然后，她看到上吊的尸体，走上前来，自己掉进坑里了。"

藤藏说完别过脸去。

"可是……如果她没注意到你，你直接离开不就好了吗？"

美由纪这么想。

因为现场已布置完成。

"不，你可以假装不知情，把她救起来啊。这样比较不会引起怀疑吧？"

"恐怕是没办法。"敦子说，"说是在绑绳子……表示上下坑洞的绳梯或许还挂在那里，而且坑底可能留有带来的工具、脱下来的是枝小姐的衣物等。不，一定都还在原处。所以，您爬下坑洞，将秋叶小姐也……"

"没错。"藤藏应道，"那个女人不知道是扭伤脚还是跌断了骨头，没办法自行走动。所以……当时我认为机不可失，反正……"

"不能留她活口吗？"敦子面无表情地问，"您觉得她是……飞蛾扑火吗？"

"对啦，对啦！"藤藏突然大声起来，"年纪和头发的长度都恰好一样，我觉得十分刚好。而且人就在洞里，也不能走动，所以……"

"所以您怎么做？"

"就像你说的啊，我打昏她，替她换掉衣服，解开绑起来的头发。然后，背着她徒步下山。她似乎在途中醒来过，不知道是以为有人救了她，还是神志不清，不停呜呜呻吟，什么也没说。"

就是以这样的状态经过茶馆门前的吧。

"之前您应该经过茶馆好几次……但这行为真的非常大胆。即使先前都一直以手巾包住头脸，难道不担心会有人从体格和服装认出您吗？"敦子冷冷地质问道。

藤藏无所谓似的甩出一句"认不出来啦"，说着笑了笑：

"是，我是担心或许有点危险，但除了这么做以外，我有别的出路吗？总不能当场杀了她，就算杀了她，也不能把她丢在那里，非得把她弄下山不可吧？既然如此，没有不利用的道理。"

"可是，我记得大婶不是出声关心了吗？"美由纪说。他就不担心败露吗？

"你说那个多管闲事的女店员吗？她是叫住我了，但被我随便糊弄过去了。反正事不关己，不会有人发现。应该没人记得我的长相，但女人的服装和背包，或许会留下印象，所以我用外套盖住了背包。不出所料，根本没人发现。"

事实上，大婶就是没有发现。

"女人本来穿的衣服，我揉成一团丢在路上，金刚杖、斗笠也丢了。背到山脚下后，我绑住她的手脚，堵住她的嘴，塞进停在那里的车子后备厢。那个时候，女人……还活着。"

"您不会是……转头就去报警了？"

"是啊，怎样？"藤藏说，"那个女人都跑来看了，尸体随时可能被发现，所以我马上去报案，申请失踪协寻。"

"然后……您给杂志社提供消息，对吧？"

"什么都被你看透了。警方的搜索行动，感觉从一开始就锁定了高尾山，所以我估计尸体很快会被发现，才觉得没时间了。"

"这个人……对杂志社的人说了什么？"美弥子愤愤地问。

"就我打听到的……听说是告诉杂志社的人，有一对女子堕入邪恋，一起上了高尾山，说要去殉情。"敦子说。

"邪恋？"

美弥子握紧了拳头。

"不管怎样，在世人眼中就是邪恋。"藤藏若无其事地说，"我也在隔天上午上山了。我想，弄不好，或许尸体已被发现，所以我很着急，幸好赶在搜山之前抵达，也看到了疑似媒体记者的人。我只联系了四家杂志社，但来了一大堆人，应该是消息又泄露出去了吧。山脚下有许多警察和消防团成员，他们可能认为线报是真的。"

"于是，您主动接触疑似记者的人，告诉他们敏子小姐和葛城小姐的身份，是吗？"

"对。"

"那是因为……"

"不是的。"藤藏说，"我找到现场负责人，和他交谈，他说警方接到报案，有另一个女人失踪。那应该就是我吊死的女人，所以我明知危险，还是说出了敏子的身份。"

"为什么？"

"虽然不知道那个女人是谁，但万一被搞错，岂不是太可怜了吗？"

"搞错？"

"被误以为是卜一一卜[1]啊。"藤藏回答。

"卜一一卜？"

"是花街柳巷的隐语，指的是女人之间的性关系。"敦子解释。

"要是被误会成那种，就太可怜了。"

"什么？"美弥子愤慨不已，"人明明就是你杀的，你那是什么话！"

"就因为是我杀的啊！"藤藏说，"那个女人作为敏子的替身死掉了，就因为这样，我才觉得她死后还要受辱，岂不太可怜？"

---

1 原文为"卜一ハ一"一说为"上下"的拆字，代称性事时的体位。

"受辱？那根本不是什么耻辱！"美弥子静静地怒斥，"可耻的是你们！"

"对啦，没错。你们说的都对，我完全同意。可是，不管你们怎么想，在当今社会，那就是一种耻辱，不对吗？跟正不正确无关，就是会受到蔑视，难道不是吗？你们没看那些杂志报道吗？他们写得多不堪啊。那就是这个国家大众的意见，所以……"

"所以怎样？"美弥子质问。

"不管做什么，都不会改变，也没办法改变啊！"藤藏捶打着榻榻米说，"就算错了，如果能用说的，我当然会说；要是做什么可以改变，我也早就做了。可是根本束手无策，也只好接受，继续过日子吧？况且，死掉的非得是敏子和葛城幸不可。所以，我一方面告诉杂志记者敏子的身份，另一方面却要警方封口，这样记者才会穷追不舍。幸好警方负责的署长是如假包换的守旧派，是绝对会跟我家父亲大人一拍即合的死脑筋男人。"

藤藏抬眼看了看父亲。

"上吊尸体在下午被找到了。我接到消息赶过去，宣称那就是敏子，没人怀疑。因为不管衣着搭配再奇怪，人就穿着通报时描述的服装吊在那里。最重要的是，我这个父亲都确认是女儿了。警方表示要先送去警署调查，我说随便他们。尸体在第三天送回这个家，父亲大人不愿办葬礼，我便立刻送去火化。"

"那……那么，当初开始寻找是枝小姐的时候，是枝小姐的遗体其实是在警署那边吗？"美由纪问，敦子回答"应该是吧"。

"所以不可能找得到。"美弥子说。

"那是绝对找不到了，可是……等、等一下，那秋叶小姐怎么样了？"美由纪又问。

"没怎么样。"藤藏说，"那段时间就一直放着。即使不办葬礼，还是有一堆手续要处理。我得在警署、寺院、公所、火葬场等地方之间来来回回，加上杂志记者纠缠不休，所以不能轻举妄动。最主要的是有太多事情要忙，我几乎忘掉了。"

"放着？意思是，你把她绑起来以后，一直丢在后备厢？可是好几天都……"

"放了整整三天。"

"这……"

美由纪想说"不会死掉吗"，又把话吞了回去。藤藏本来就打算杀了她。只要顺利把她弄下山，根本没必要留她活口。

美由纪觉得恶心极了。

藤藏脸颊抽动，接着说：

"我把她丢着，直到敏子的死亡手续全部处理完。我以为她死了，没想到她命硬得很，还活着，但也只剩一口气。然后，我去把她丢到山上。我把她装在袋子里搬到悬崖上，然后从袋子里倒出来，让她背上葛城在我叫她走时留给我的皮包，再把她丢下山崖。"

"太残忍了……"

"没错，很残忍。"

残忍错了吗？藤藏大声说。

"反正她没救了。丢下去之前，我拍了好几下她的脸，但她只是翻白眼，毫无反应。"

"是吗……"

敦子眉头紧锁。看着是一脸嫌恶的表情。

"在迦叶山找到的遗体，仅有坠落时受的伤，似乎没有明显的外伤。因为她只是摔进那个陷阱，后来除了让她昏迷，没有对她施加其他的伤害，就只是一直将她监禁起来。脚扭伤的秋叶小姐被塞进后备厢里，没得吃喝，被丢着不管，最后甚至被抛下山崖，是吗？她明明是无辜的，您真是个不折不扣的……"

杀人魔——敦子说。

"是啊，所以怎样？"

藤藏挺直腰背，站了起来。

"没错，我全招认，我就是杀人魔。父亲大人，您要怎么处置我？"

老人只是粗重地喘着气。

"您说点什么啊？如何？您根本不把女人当人看，应该不打紧吧？我杀的全是女人。是下贱、无能的女人。如何？我以为能顺利隐瞒过去，但想得太肤浅，一切都败露了。好了，怎么办，父亲大人，要我把这几个女人也杀了吗？"

你倒是说话啊！藤藏怒吼。

"杀……"

"杀了她们，是吗？杀两个也好，杀五个也罢，没有太大的差别。不，只要把这几个也杀了，或许就能瞒天过海。那我杀了她们好了。可以吧？反正是女人嘛。"

"藤、藤藏，你……"

"就因为你这样想，才会害我变成刽子手！"藤藏跺脚大吼。

"你说什么？"

"听好，父亲大人，我觉得你的想法和人生全是错的。不，我甚至觉得你疯了。你就是疯了。"

藤藏狠狠地瞪着父亲说。

"即使如此，因为你是我的父亲，我尊敬你，一直默默地服从你。我被教育成这样才是天经地义的。关于这一点，我并无怨言。因为，你借此打造出一个可以摆架子、逞威风的场所，而社会大众跟你其实也没有多大的不同。就是现在，也是那些骑在别人头上、狗眼看人低的家伙，才能吃香的喝辣的。可是，父亲大人，我……"

我舍不得女儿啊！藤藏说。

"不管是怎样的女儿，不都是自己的骨肉吗？教我怎么舍得？然而，你却真的想杀了她，而且是一次又一次。对你来说，她不也是你的亲孙女吗？无论是怎样的孙女，不都是流着你的血的至亲吗？然而，你却真的动刀要砍死她，对吧？"

"废、废话！别说什么女人了，那种东西，根本就是畜生，是亡国妖孽！"

"她是你的孙女！"藤藏大叫，"她第一次告诉我的时候，说实话，我不知所措，完全无法坦然接受。我不断劝她清醒过来，但敏子是认真的，所以……我渐渐觉得，就算都是女人又有何妨，于是开始想要成全她们。"

这才是父母心吧！藤藏大声说。

"少说蠢话！"老人声嘶力竭地反驳，"既然要扯这个，我是你老子，你敢不听老子的教诲？你不听话，还说出贬低我、贬低天津家的话。藤藏，难道你堕落成连忠孝都抛到脑后的废物了吗？"

"那些根本不重要。"

"混、混账，你这样还算是天津家的……"

"天津家？天津家怎么了吗？祖先只不过是乡下地方的下级武士吧？连个小诸侯都不是。不，就算是诸侯，也没什么了不起。比起家声，我更珍惜自己的女儿。我想实现她的愿望。这才是为人父母该做的事，难道不是吗？父亲大人！"

"混、混账，这个不忠不孝的家伙！你这是对待父亲的态度吗，藤藏！"

"要叫我跪下吗？好啊。要一刀砍死我吗？那样一来，天津家的血统就要断绝喽！想杀就杀吧。没关系，反正落到警察手里，我还是死路一条。就算逃过死刑，这个家也完了。"

"你、你这个……"

"够了没！"美由纪放声大吼，顺势猛然站起，"你们到底以为自己是谁啊？从刚才起，我就一直在默默地听着你们大放厥词……我是个女人，又还是个孩子，没有地位，也没有钱，可是我知道……"

你们两个都烂透了！美由纪说。她实在无法不说点什么。

"太奇怪了。家族名声之类的，那才是根本不重要的。藤藏先生，你一直说什么为人父母，却完全无视当事人敏子小姐和葛城小姐的意愿，不是吗？你根本就只是在做你想做的事而已吧？你说啊？她们两个……"

"她们什么都不知道。"藤藏说，"我只是塞钱给敏子，要她们离开。我也对那个女的这么说，叫她们走得远远的，两个人一起过日子。我告诉她们，时候到了我会通知，要她们在那之前准备妥当，准备随时动身离开……"

"太白痴了吧？"

"你说什么？"

"根本就错了啊！"美由纪说。

"为什么？哪里错了？我为了女儿、为了女儿想要厮守的人，为了她们，实现她们的心愿……"

"就是这一点错了。"美由纪打断藤藏的话，"听我说，想跟喜欢的人在一起，我想，这是任何人都会有的想法，不管对方是男是女都一样。可是，为了实现这个心愿就要她们逃走，这算什么？为什么非逃不可？既然她们没做坏事，根本没必要逃走吧？"

"那是社会……"

"跟社会无关，首先是家里的问题吧？什么社会影响，是之后的事吧？"

"这……"

"如果家中有人没做错任何事，却遭到责怪，一般不会有逼人远走高飞的念头吧？不，根本是你本人觉得她们做错事吧？藤藏先生，你真的理解敏子小姐的心情吗？"

"我、我当然理解。她是认真的，所以我才不惜杀人……"

"就是这一点离谱。"美由纪说，"如果你明白她们是认真的，就应该接纳她们才对吧？私奔的人里，或许也有人得到幸福，但那是把家人和情人放在天平上衡量的结果吧？由于家人无论如何都不肯接纳，才别无选择，只剩下私奔这条路吧？即使是你们这种烂到不行的父亲和爷爷，对敏子小姐来说，依然是不可取代的家人吧？能否受到家人祝福，可是天差地别啊！"

"怎么可能祝福？荒唐！"老人吼道。

"你不要插嘴！"美由纪吼回去。她不想听老人的瞎嘟囔。

"不光是这样而已。你为了让她们逃走，可是杀了两个人呢，对吧？谁会为了让女儿逃走而杀人？"

"她、她们跟这件事无关！"

"即使隐瞒，她们也很快就会知道。因为她们现在变成死人了。杂志和报纸都报道了。全怪你把消息泄露给记者。再怎么迟钝的人，都会想到是怎么回事。那会怎样？等于是她们害无关的人死掉了，对吧？而且，她会想到杀人的肯定就是自己的父亲。父亲不惜通过杀人来让自己离开家，这还算幸福吗？"

你根本完全没考虑到敏子小姐她们吧！美由纪说完，用力蹬了一下榻榻米。

"藤藏先生，你的眼里只有这个老爷爷吧？把消息透露给杂志记者，也是为了防范这个老爷爷。要是你真的那么在乎社会舆论，根本不会这么做。你将她们丢进冰冷的社会里，甚至将她们的名字昭告天下，不是吗？你说啊！"

"所以，她们等于死了……"

"也就是说，你剥夺了她们迄今为止的人生和名字，对吧？等于是强迫她们以后用另一个人的身份活下去。藤藏先生，你真的理解女儿的心情吗？被赶出家门、被当成死人……而且有人甚至为了自己不幸丧命，这样两人还有办法幸福吗？你不光夺走了是枝小姐和秋叶小姐的性命，也夺走了敏子小姐和葛城小姐身为人的尊严，不是吗？"

"我没有其他选择！"藤藏厉声说，"你也听到了吧？这个人，我的父亲就是这样一个人。连身为亲生儿子的我都觉得他疯了。就算天地翻转过来，他恐怕也不会放过敏子。不，他会杀了敏子。他就想杀了敏子，是真心要杀了她。他、他可是拿刀要砍自己的孙女啊！"

"你要阻止啊！"美由纪说，"既然有体力把女人吊上树、从悬崖扔下去，这种像肉干一样的老头子，你应该能轻易制伏吧？听好，我是小丫头，是你们轻蔑的女人，而且是小小年纪、脑袋不好也没钱的普通平民，但我还是明白这点道理的。你应该做的，不是杀人，而是阻止杀人，不是吗？首要任务，是无论如何都要说服这个脑袋糊涂的老爷爷吧？如果你有理解她们、支持她们的意愿，这么做才是理所当然的，不是吗？"

"不是满口冠冕堂皇就能怎样的！"

"满口冠冕堂皇的是你。说穿了，你只是想在这个老爷爷面前当乖儿子，对吧？"

"当乖儿子？"

"难道不是吗？想在家里讨好老爷爷，像以前那样过日子，然后实现女儿的心愿，世上哪有这么完美的事？所以，你才非得想出杀死两个无关的人这种离谱的计划不可。你会杀掉这么多人，全是为了消除这个老爷爷的不满，不是吗？被杀掉的人简直倒了八辈子霉。这根本就是疯了！"

听见了吗？美由纪说，"一个才十五岁的小丫头说你疯了，听见了吗？"

藤藏使劲握紧了拳头。

"这个老爷爷不正常，连我也看得出来。几百年以前的古时候也就罢了，往后的时代，不需要这种人。但现今这个时代，依然有这种人昂首阔步、肆意横行。只是阔步也就罢了，还乱逞威风。逞威风、威胁恐吓，甚至施加暴力，这根本不正常。你不是说，你跟敏子小姐谈过，明白她是认真的了吗？既然如此，接下来应该面对的，就是这个老爷爷吧？难道不是吗？不管世人怎么说、社会大众怎么想，都没有关系！对于弱者，最应该保护他们的就是家人啊。让信奉这种不正常观念的人理解，就是改变社会的第一步，不是吗？这个人是你的父亲啊！那么，你应该努力想办法吧？还是说，这个人痴呆到连话都听不懂？！"

"混账！"先有反应的是老人，"这个口无遮拦的东西！"

老人想起身，却摇摇晃晃地跌倒了。藤藏神色一慌，随即泄了气，垂下头。

"老爷爷，我实在不想对老人家说这种话，但能请你适可而止吗？人有千百种，或许有人想法和你一样，这本身无所谓。可是，你知道吗，也有人不是像你那样想的。世上有不一样的人。"

"胡说什么！"

"请听我说。"美由纪继续道，"你是真的痴呆了吗？我觉得不是，所以才想跟你沟通。老爷爷活了这么久，我真的很想尊敬你，你就表现出能让我尊敬的样子，好吗？我并不想轻蔑老人家啊。还是，你还重听吗？"

"啰唆！闭嘴！"老人说。但几乎没有说出声来。

"确实，现在这个社会，想法和老爷爷一样的人比较多，但也有很多人抱持不同的想法。不，说是有很多，从整体来看，数量或许很少，可是绝对不只一两个人而已。不，如果仔细分辨，每个人的想法都不一样。我和敦子小姐，还有美弥子小姐，虽然想法不尽相同，却也有相同的部分、应该相同的部分。相同的是，都会努力倾听跟自己不同的意见，以及学习尊重对方。"

而你们呢？美由纪指着老人说。

"否定跟自己不同的人、完全不愿倾听不同的想法，不仅如此，甚至加以恫吓，逼对方服从。看到和自己不一样的人就赶尽杀绝，动不动就要骑到别人头上，说骑在上面的人比较大，又不是猴山的山大王！老爷爷，你听得懂人话吧？所以怎么样？最后要把我们杀了吗？"

你们到底有多野蛮！美由纪往前逼近。

"如果老爷爷真的杀了敏子小姐，老爷爷这时候就在牢房里了。我不懂什么家族名声，但那样的话，这个家会被后世认为是砍死亲孙女的疯狂杀人魔之家。现在你儿子杀了完全无关的人，所以也是一样。不，更糟糕。藤藏先生——你的儿子，等于是你的替身啊！"

什么天经地义的父母心！美由纪瞪着藤藏说。

"开什么玩笑！是枝小姐有心上人，她本来想和喜欢的人一起登山。秋叶小姐对孩子们来说，是很受欢迎的好老师。虽然我没见过她们，但她们原本都有美好的人生。你们有权利剥夺这些吗？就因为你们是男人、是武士的后代吗？"

别笑死人了！

"我再强调一次。你们父子，在剥夺两名无辜女子的性命的同时，也剥夺了敏子小姐和葛城小姐的人生。演变成这种状况，她们还有办法幸福吗？她们往后到底要怎么活下去！"

"敏子……"

藤藏无力地呼喊女儿的名字。

"就算这是你的专断独行，敏子小姐和葛城小姐也不可能用一句'不知道'带过。即使真相没曝光，两人在法律上也都死了。变成死人了耶！她们马上就会发现，其实是有人代替她们死掉了。这种肤浅的计划，当事人很快就会猜出是怎么回事。到时候她们有可能假装不知情，幸福度日吗？你以为她们不会受到良心的呵责吗？她们没有户籍，什么都没有了吧？她们要怎么活下去？"

愚蠢的是叔叔和老爷爷！美由纪用力跺了一下榻榻米。不知不觉间，她泪如泉涌。

"或许现今仍有许多人的想法和老爷爷一样，所以你才能高高在上地否定那些想法和自己不同的人。可是，这个社会一定会改变。我不知道要花十年还是百年，但非改变不可。用性别、国籍、人种来区分人的社会，总有一天会灭亡。或许需要时间，即使没这个能力，我也要消灭这种社会。如果社会改变，你们依旧这副德行，那就只是害虫了！"

会毁掉国家的是你们！美由纪更加逼近老人。她也不太清楚是什么原因，就是觉得莫名气愤。

"是女人又怎样？年轻又怎样？如果说活得久就了不起，那山上的大树比你伟大千万倍。同性就不能彼此相爱吗？哪里碍到你了吗？轻易就杀死别人，才是更大的祸害！"

大害虫！美由纪怒吼。

"什么都要打仗解决，硬是安上优劣，什么骑在上面的比较大、什么输赢，根本愚蠢到家！就是因为这样，才会闹出战争来。那种思维，才会让国家灭亡得更快。明明不久前才差点灭国，你们忘光了吗？一堆人在那里杀得你死我活，到底有什么好玩的？明知道会输，却不肯罢手，害死一堆人，这样很值得高兴吗？世上有形形色色的人，每个人都想得到幸福。只因为是少数派就舍弃，因为对立就击垮对方，真的蠢毙了。你们的信念到底是什么？你们的未来有什么？告诉我啊！"

美由纪举起右手，却被美弥子抓住。

"可以了，美由纪同学。"美弥子静静地说，"直到刚才，我都想狠狠揍这对父子一顿，可是……"

现在我懒得这么做了——美弥子说。

"听了美由纪同学的这番话，开始觉得这两个人实在很愚昧、很可悲。这么可悲的人，不值得我浪费时间去理会。"

美弥子放下美由纪的手，接着说"真的太可怜了"。

"不过，我认为勉强去启蒙、教化这些人，没什么意义。强迫他们听从，更是绝对行不通，因为那就和他们没有两样了。不能连我们都变得愚蠢卑劣，何况使用暴力是绝不能容许的。"

他们总有一天会明白吧——美弥子说。

"沟通是非常重要的，可是……那和犯罪是两回事。"

你是杀人凶手——美弥子指着藤藏说。

"你杀了我珍贵的好朋友，你杀了两个无辜而且无关的人。而你……"接着，她指向宗右卫门，说，"你犯了杀人未遂罪。你意图杀害敏子小姐，请彻底赎罪。和性别没有关系，因为你们是这个法治国家的一分子。"

"我……"老人说。

"事已至此，你还想抵赖吗？用你们的话来说，那种态度一点都不像男子汉，不是吗？"

"就是啊。"敦子说着看了后方一眼，"接下应该来交给司法人员了。审判他们的不是人，而是法律。这两位就像筱村小姐说的，似乎是了不起的日本男儿，我想，他们一定会敢做敢当，坦承不讳……"

仿佛算准了时机，适时传来一阵喧闹声。

很快，藤藏先前开了一半的纸门整个打开来。不等门完全打开，包括制服警官在内的几名男子便闹哄哄地闯进大厅。

灰扑扑的空气入侵，美由纪条件反射似的退让到一旁。

敦子和美弥子也后退，只剩天津父子留在正中央。率领警官的两名男子当中，有一人是青木文藏。

"干什么！"

干什么、干什么！老人以颓倒的姿势，发出沙哑的叫声。藤藏也转过头来。青木掏出黑色手册，出示警徽。

"我是警视厅搜查一课一系的青木。这位是同单位的木下。"

"警察？"

壁龛前的老人惊慌失措地扒抓着榻榻米，挤出话声。

"警察来、来做什么？这里没警察的事。太荒唐了，难不成你们相信这几个女人的胡言乱语？愚蠢透顶！"

"不是的。"青木分别看了看父子俩，"刚才，天津敏子小姐和葛城幸小姐向警视厅投案了。"

"什、什么？"

藤藏的脸上血色尽失。

"用不着调查，也知道两人在法律上已死。警方不可能对这种状况坐视不管。"

"关我什么事！"老人虚张声势，"是骗子，还用说吗，一定是骗子。是拿敏子的名字招摇撞骗的诈骗犯。可笑，堂堂警视厅，居然被女人的胡言乱语蒙骗！"

"我不懂有什么理由需要假冒自杀的人。"

"当、当然是想丑化天津家的名声。愚蠢的女人，反正一定是看到低俗的杂志报道，想到这种点子……"

"丑化名声的是你们。"青木应道，"天津宗右卫门先生，你被告杀人未遂。当然是天津敏子小姐告发的。还有，遭你砍伤的四名年轻人，也要告你暴力伤害。"

老人把双手撑在身后。

"刚才我在前面问案，那些说要告你的年轻人，作证说曾帮忙上山挖坑洞。他们似乎已察觉大体是怎么回事了，非常害怕被当成共犯，所以毫不隐瞒地全招了。天津藤藏先生，我们要以涉嫌故意杀人罪将你逮捕。"

把他带走！青木下令。

警官一靠近，藤藏便乖乖束手就擒，老人则是难看地抵抗。

"放、放肆！放开我！"老人甩开警官的手，却站不起来，"你们以为我是谁？我可是天津家的、天津宗右卫门！住手，别将我跟一般的杂碎混为一谈！我在警界高层很吃得开，你们这些小官吏，放开我！我什么都没做！不放是吗，放肆的东西！我、我一定会让你们丢饭碗，给我记着！"

"够了吧，太难看了。再继续丢人现眼，同为男性，不，同为人类，实在看不下去。拜托你表现出一点年长者的品格威严，行吗？"

"少嚣张！"老人嘶声大叫，手脚挣扎着，"我、我什么都没做！"

"真让人头痛。你这已构成妨碍公务罪了。我不知道你在警界有多了不起的朋友，不过天津先生，警察机关受到法律约束，基本准则是公平公正地对待万民。这也是我身为警察的骄傲。当然，本地八王子的警员也都清楚，警视厅……可没那么腐败。"青木说。

老人简直像误入陷阱的小动物般不停地挣扎着被一众警察拖出大厅。胖墩墩的刑警木下向青木微微抬了抬手，追上被带走的两人离开了。

喧嚣声逐渐远离。

只留下美由纪、敦子、美弥子和青木。

突然间，美由纪泪流不止，抱住美弥子哇哇大哭。涌出的究竟是怎样的情感，又是从哪里涌出的，连她自己都不清楚。

"你是在为她们哭泣呢，美由纪同学。"美弥子抚摸着美由纪的肩膀说，"谢谢你。我替小汪向你道谢。"

听到美弥子的话，美由纪的眼泪更是止不住。

"令人讨厌的天狗的鼻子被折断了。"青木望着天津父子离去的方向喃喃自语。

"天津敏子小姐和葛城幸小姐……"敦子问，青木回答：

"她们今天一早就来投案，说自己没死……唉，如此粗糙的计划，不可能不败露。杂志就算了，报纸也有报道嘛。如果事先统一口径还另当别论，但两人似乎真的只是被吩咐逃亡。"

"她们并没有逃到远方，对吧？"

"对，不是私奔，感觉只是躲起来。她们躲在东京都内的商旅酒店……这也是当然的，天津藤藏只说'我原谅你们，但你们要离开家门'，完全没有透露他的计划，而且如果她们察觉任何一点天津藤藏的计划内容，想必绝对会反对。不，看到自己的死亡报道，通常还是会有所察觉，就像吴同学说的。"

"我说的？原来你都听到了？"

美由纪带着哭腔问。青木搔了搔头，回道：

"噢，我们正想进来抓人，但里面传出好像在哪里听到过的声音，就不能擅闯了。不好意思，忍不住站在门外听了起来。没想到敦子小姐你们会在这里，我真是大吃一惊。"

"对不起，"敦子低头行礼，"看来我太多事了。"

"还好啦。其实八王子警署内部也有人质疑死者的身份。不过亲人都一口咬定是本人了，除非有确实的证据，否则无法进一步调查，何况遗体已火化。在迦叶山找到的遗体，还有秋叶小姐的失踪，警方都没有和这件事联系在一起。那个陷阱也是。虽然天津藤藏的计划漏洞百出，但如果没有各位，搞不好真相会被埋葬在黑暗里。"

从这个意义上来说，各位立了大功一件——青木说。

"可是，"敦子开口道，"我忍不住想，若是这样的结局，被天狗抓走或许比较好。因为天狗就算抓了人，也迟早会把人放回来，对吧？"

但是枝小姐、秋叶小姐都再也不会回来了——敦子感叹道。

"更何况，想到投案的敏子小姐和葛城小姐的心情……实在教人难受。她们未来的道路，无比坎坷。"

"那倒未必。"美弥子说，"世上也有像美由纪同学这样的人，所以还远远不到绝望的时候。当然，现今的社会太糟糕了，有太多必须思考的问题。敦子小姐或许不乐观也不悲观……但我是这种个性，所以现在……"

想稍微乐观一下——美弥子如此作结。

"是啊。"敦子说着轻轻拍了拍美由纪的肩膀，"嗯，美由纪痛快淋漓的犀利言辞，这是我第三次听到，感觉已炉火纯青。那个老爷爷想必受到了重创。"

"我、我只是随便嚷嚷而已。"

回头一看，敦子淡淡微笑着向她递来手帕。

"可是，敦子小姐，请不要再做出直接找凶手对质这种危险的事了。"青木苦笑着劝道，"那边的两位小姐也一样。亏得我们及时赶到，才有惊无险，但这次只是侥幸。万一我们没出现，他们不知道会做出什么事，而且还把未成年人牵扯进来。"

"这一点我会反省。"敦子说着行了一礼。

"是啊。就算是出于义愤。你说的没错，这不是值得称赞的行为。况且，让美由纪同学一起来，确实太轻率，我反省。不过，在可能遇到人身危险这一点上……"

我想这次是不要紧的——美弥子说。

"虽然我不想论输赢，但我不认为自己会输给那个老人。我精通长刀这门武艺……"

"不，就算平安无事，还是会挨敦子小姐的哥哥骂。"

听青木这么说，美弥子拱起肩膀低喃"那太可怕了"。

"哎，就算什么事都不做，我哥一样会生气。这次我八成又要挨骂……不过，就请他看在高尾山天狗大人的面子上，放我一马吧！"

敦子这么说，美弥子接口道：

"因为你洗刷了天狗大人的掳人嫌疑嘛。"

接着她笑了。

美由纪也轻轻地笑了。

主要参考文献

《鸟山石燕　画图百鬼夜行》（鳥山石燕　画図百鬼
夜行）
　　　　　　　　　　　　　高田卫　监修 / 国书刊行会

　　　　　　　　　　　　※

《天狗名义考（未刊·稀覯书丛刊第一辑）》（天狗
名義考［未刊·稀覯書叢刊第一輯]）　谛忍 / 壬生书院
《武州高尾山的历史与信仰》（武州高尾山の歴史と
信仰）
　　　　　　　　　　　　　　　　外山彻 / 同成社
《高尾山药王院的历史》（高尾山薬王院の歴史）
　　　　　　　　　　　　　外山彻 / FUKOKU 出版

※ 本作品为作者所创作的虚构小说，故事中登场的团体名、人名及其
他，如有雷同，纯属巧合，特此声明。

京极夏彦
KYOGOKU NATSUHIKO

别人难以模仿、难以企及的作品，对他来说只是兴趣。

1963 年 3 月 26 日出生于北海道小樽。

1994 年：在工作之余写下处女作《姑获鸟之夏》，为推理文坛带来极大的冲击。

1996 年：出版百鬼夜行系列之二《魍魉之匣》，拿下第四十九届日本推理作家协会奖，之后陆续推出《狂骨之梦》《铁鼠之槛》等十余部系列作品。

1997 年：时代小说《嗤笑伊右卫门》获第二十五届泉镜花文学奖。

2003 年：时代小说《偷窥者小平次》获第十六届山本周五郎奖；怪奇时代小说《后巷说百物语》获第一百三十届直木奖。

2011 年：怪奇时代小说《西巷说百物语》获第二十四届柴田炼三郎奖。

百鬼夜行系列小说人物设定鲜明，布局精彩，架构繁复，举重若轻的书写极具压倒性魅力，书籍甫出版便风靡大众，读者群遍及各年龄层与行业。该系列从 1994 年延续至今，已成为里程碑式的经典。

京极夏彦

百鬼夜行系列作品
隆重登场

书楼系列 │ **全新发端**

文
景

Horizon

社科新知　文艺新潮

今昔百鬼拾遗——月

［日］京极夏彦 著　　王华懋 译

出 品 人：姚映然
责任编辑：高晓明　朱艺星
营销编辑：杨　朗
装帧设计：安克晨

出　　品：北京世纪文景文化传播有限责任公司
　　　　　（北京朝阳区东土城路8号林达大厦A座4A　100013）
出版发行：上海人民出版社
印　　刷：山东临沂新华印刷物流集团有限责任公司
制　　版：南京展望文化发展有限公司

开 本：787×1092mm　1/32
印 张：25.25　　字 数：547,680　　插页：6
2023年1月第1版　　2023年1月第1次印刷
定 价：159.00元
ISBN：978-7-208-17488-7 / I·1993

　　图书在版编目（CIP）数据
　　今昔百鬼拾遗：月/（日）京极夏彦著；王华懋译
.—上海：上海人民出版社，2022
　　ISBN 978-7-208-17488-7

　　Ⅰ.①今… Ⅱ.①京… ②王… Ⅲ.①中篇小说-小
说集-日本-现代 Ⅳ.①I313.45
　　中国版本图书馆CIP数据核字（2021）第251257号

本书如有印装错误，请致电本社更换 010-52187586